사람은 무엇으로 사는가

사람은 무엇으로 사는가

톨스토이 단편선 ❶

레프 니콜라예비치 톨스토이 지음 | 장영재 옮김

더클래식

| 차례 |

사람은 무엇으로 사는가

우리는 형제를 사랑함으로 사망에서 옮겨 생명으로 들어간 줄을 알거니와 사랑하지 아니하는 자는 사망에 머물러 있느니라.

- 요한 일서 3장 14절

누가 이 세상의 재물을 가지고 형제의 궁핍함을 보고도 도와줄 마음을 닫으면 하나님의 사랑이 어찌 그 속에 거하겠느냐. 자녀들아 우리가 말과 혀로만 사랑하지 말고 행함과 진실함으로 하자.

- 요한 일서 3장 17~18절

사랑하는 자들아 우리가 서로 사랑하자. 사랑은 하나님께 속한 것이니 사랑하는 자마다 하나님으로부터 나서 하나님을 알고 사랑하지 아니하는 자는 하나님을 알지 못하나니 이는 하나님은 사랑이심이라.

- 요한 일서 4장 7~8절

어느 때나 하나님을 본 사람이 없으되 만일 우리가 서로 사랑하면 하나님이 우리 안에 거하시고 그의 사랑이 우리 안에 온전히 이루어지느니라.

- 요한 일서 4장 12절

하나님이 우리를 사랑하시는 사랑을 우리가 알고 믿었노니 하나님은 사랑이시라 사랑 안에 거하는 자는 하나님 안에 거하고 하나님도 그의 안에 거하시느니라.

- 요한 일서 4장 16절

누구든지 하나님을 사랑하노라 하고 그 형제를 미워하면 이는 거짓말하는 자니 보는 바 그 형제를 사랑하지 아니하는 자는 보지 못하는 바 하나님을 사랑할 수 없느니라.

- 요한 일서 4장 20절

1

집도 땅도 없는 구두 수선공 시몬이 어느 농가에 세 들어 살고 있었다. 그에게는 아내와 자식들이 있었는데, 구두를 만들거나 수선해서 버는 돈이 수입의 전부였다. 그러나 빵값은 터무니없이 비쌌고, 구두 수선비는 지나치게 쌌다. 그래서 그들은 얼마 안 되는 수입으로 어렵게 생계를 유지해 나가고 있었다.

구두 수선공에게는 모직 외투가 한 벌 있었는데 아내와 번갈아 가며 입어야 했다. 그러나 그조차도 낡아서 누더기가 된 지 오래였기 때문에 그는 이 년째 새 외투를 만들 양가죽을 사기 위해 잔뜩 벼르고 있었다.

겨울이 오기 전, 구두 수선공은 가까스로 얼마큼의 돈을 모을 수 있었다. 아내의 장롱 속에는 3루블짜리 지폐가 있었고, 마을 농부들에게 꿔 준 돈도 5루블 20코페이카나 되었다. 이렇게 돈이 모이자 그는 양가죽을 사기 위해 마을로 갈 준비를 했다. 아침 식사를 마친 그는 무명과 솜으로 만든 아내의 재킷을 걸치고 그 위에 다시 두꺼운 모직 외투를 껴입었다. 3루블짜리 지폐를 주머니에 넣은 뒤 나뭇가지를 하나 꺾어 지팡이도 만들었다.

길을 떠나며 그는 생각했다.

'사람들에게 빌려 줬던 5루블을 받아, 내가 가지고 있는 3루블에 보태면 양가죽을 사서 겨울 코트를 만들 수 있겠어.'

마을에 도착한 구두 수선공은 한 농부의 집을 찾았다. 그런데 농부는 외출 중이었고, 농부의 아내는 일주일 안으로 남편을 통해 돈을 보내겠다는 말만 전할 뿐 돈은 갚지 않았다. 그는 빈손으로 또 다른 농부의 집을 방문했다. 그러나 그 농부 역시 하늘에 맹세코 돈이 한 푼도 없다며 장화를 고친 값 20코페이카만 건네주었다. 구두 수선공은 어쩔 수 없이 외상으로 양가죽을 사야겠다고 생각했다. 하지만 모피 장수는 이를 거절했다.

"돈을 먼저 가지고 오쇼. 그러면 마음에 드는 걸로 줄 테니. 외상값 받기가 얼마나 어려운지 당신도 잘 알잖소."

결국 구두 수선공이 받은 것이라고는 고작 구두 고친 값 20코페이카와 어느 농부가 꿰매 달라고 부탁한 낡은 펠트 장화뿐이었다. 양가죽은 사지도 못하고 헛수고만 한 구두 수선공은 속이 몹시 상해서 가진 돈 20코페이카를 보드카 마시는 데 몽땅 사용해 버렸다. 그러고는 터덜터덜 집으로 발걸음을 옮겼다.

아침에는 날씨가 제법 쌀쌀했는데 술이 한잔 들어가자 외투를 입지 않아도 몸이 후끈해졌다. 구두 수선공은 한 손에 든 지팡이로 단단하게 얼어붙은 땅을 두드렸고, 다른 한 손에 든 펠트 장화를 허공에 휘두르며 혼잣말로 화를 내기 시작했다.

"모피 외투 같은 거 입지 않아도 따뜻하기만 하네! 한잔 마셨더니 온몸이 확 달아오르는 게 양가죽 외투 따위는 없어도 되겠어. 암, 난 사내대장부야! 그따위 외투 없어도 살 수 있어. 평생 그런 것 따윈 필요 없어!

음……. 하지만 마누라가 가만있을 것 같진 않군. 아, 골치 아파. 아무리 열심히 일해도 그놈들은 늘 날 업신여긴단 말이야. 두고 보자, 돈을 빌려 가 놓고 이번에도 안 주면 네놈 모자를 벗겨 가지고 올 거야!

도대체 이게 뭐람? 20코페이카씩 찔끔찔끔 주고 말이야. 그걸로 술 마시는 것 외에 뭘 할 수 있겠어? 자기가 곤란하다고 나까지 곤란하게 만들면 어떡하라는 거지? 자기는 집도 있고 가축도 있고 뭐든지 다 있지만 내가 가진 거라곤 이 외투 한 벌뿐인데!

그리고 그놈은 농사를 지어 빵을 만들어 먹으면 되지만 난 당장 돈을 주고 사야 할 형편이고 말이야. 아무리 발버둥을 쳐도 일주일에 빵값만 3루블이 들고, 집에 돌아가면 빵도 없을 테니 적어도 1루블 50코페이카는 내놔야 해. 그러니까 당장 나한테 돈을 갚으란 말이야!"

씩씩거리며 걷던 구두 수선공은 이윽고 길모퉁이에 있는 교회에 이르렀다. 그때 구두 수선공의 눈에 교회 근처에서 뭔가 하얀 물체가 어른거리는 것이 보였다. 그는 눈을 크게 뜨고 그것을 살펴보았지만 이미 땅거미가 내리기 시작해 주위가 어두워 무엇인지 분간할 수가 없었다.

'여기에 바위 같은 건 없었는데……. 혹시 소인가? 아냐, 짐승 같아 보이지는 않아. 머리는 사람 같은데, 사람치고는 지나치게 하얀걸. 더구나 사람이 이런 데 있을 리가 없지.'

구두 수선공은 좀 더 가까이 다가갔다. 그러자 점점 그 형상이 분명하게 보이기 시작했다.

그런데 이게 웬일인가. 그 형상은 살았는지 죽었는지 분간할 수 없었지만 틀림없는 사람이었다. 벌거벗은 몸으로 교회 벽에 기대앉은 채 꼼짝도 하지 않았기 때문에 사람인지조차 분간이 되지 않았던 것이다. 구두 수선공은 갑자기 겁이 덜컥 났다.

'저런, 누군가가 이 남자를 죽이고 옷을 벗겨 간 모양이군. 괜히 가까이 갔다가 나중에 무슨 변을 당할지 몰라.'

구두 수선공은 그곳을 그대로 지나치기로 마음먹고, 남자의 모습이 더는 보이지 않을 때까지 걸었다. 그런데 그렇게 교회 모퉁이를 지나칠 때쯤 구두 수선공이 뒤를 돌아보니 그 남자가 조금씩 움직이는 것처럼 보였다. 게다가 그 남자가 자신을 바라보고 있는 것 같았다.

그는 더욱더 겁이 나서 속으로 중얼거렸다.

'한번 가까이 가 볼까? 아니면 그냥 이대로 지나쳐 갈까? 혹시 곁에 갔다가 무슨 봉변이라도 당하면 어떡하지? 지금 나는 저놈이 누구인지 전혀 알 수가 없잖아. 좋은 일을 하는 사람이 이런 모습으로 있을 리 없어. 가까이 다가가는 순간 무섭게 덤벼들어 내 목을 졸라 버릴지도 몰라. 그러면 난 꼼짝없이 죽는 거야!

목 졸려 죽지는 않더라도 결국 좋지 않은 일을 당할 게 뻔해. 만일 돕는다고 해도 저 벌거숭이를 어쩐담? 내 옷을 벗어 줄 수도 없는 노릇이고……. 에라, 모르겠다. 그냥 가 버리자!'

구두 수선공은 걸음을 재촉했다. 그런데 교회를 거의 벗어났을 무렵, 그의 내면 깊은 곳에서부터 우러나오는 양심의 목소리가 들리기 시작했다. 그는 길 한복판에 멈춰 서서 자신을 향해 이렇게 말했다.

"시몬, 도대체 넌 뭘 하고 있는 거지? 사람이 어려운 일을 당해 죽어 가고 있는데 겁이나 집어먹고 슬그머니 도망치려고 하다니……. 네가 무슨 부자라도 된다고 가진 재산을 빼앗길까 봐 겁을 낸단 말인가? 시몬, 이건 옳지 않은 행동이야!"

단단히 결심한 구두 수선공은 발길을 돌려 사내에게 다가갔다.

2

구두 수선공 시몬은 벌거벗은 남자 곁으로 다가가 그를 자세히 살펴보았다. 가까이서 보니 그는 젊은 남자였다. 그래서인지 몸은 튼튼해 보였고 다행히 얻어맞은 흔적도 없어 보였다. 그러나 그는 몸이 꽁꽁 얼어붙어 덜덜 떨고 있었다. 젊은이는 벽에 기대앉은 채 시몬을 쳐다보지도 못했다. 약해질 대로 약해져 눈을 뜰 힘조차 없는 것 같았다.

시몬이 한 걸음 더 다가가자 젊은이는 그제야 정신을 차리고 눈을 떴다. 고개를 돌려 시몬을 똑바로 쳐다보는 젊은이의 눈빛이 시몬의 마음을 움직였다. 시몬은 들고 있던 펠트 장화를 땅바닥에 팽개치고 허리띠를 풀어 놓은 다음 서둘러 외투를 벗었다.

"젊은이! 이러고 있을 때가 아냐, 이걸 입어요. 자, 어서!"

시몬은 젊은이를 부축해 일으켰다.

젊은이는 힘겹게 자리에서 일어섰다. 그는 키도 훤칠하고 몸도 깨끗했으며, 손발도 거칠지 않았다. 잘생긴 얼굴은 기품 있는 인상을 주었다.

시몬은 젊은이에게 외투를 입혀 주려 했지만 팔을 소매에 잘 꿰지 못했다. 그는 직접 젊은이의 두 팔을 외투에 끼워 주었고, 옷자락을 여민 다음 허리띠를 매 주었다. 시몬은 자신이 쓰고 있던 낡은 모자도 벗어 젊은이에게 씌워 주려다가 그랬다가는 자신이 너무 추울 것 같아 다시 썼다.

'난 머리칼이 거의 없지만, 이 젊은이는 머리숱이 많으니 괜찮을 거야. 그보다는 신발을 신겨 주는 게 낫겠군.'

시몬은 젊은이를 앉히고 펠트 장화도 직접 신겨 주었다.

"이젠 됐네. 자, 좀 움직여서 몸을 녹여야지. 뒷일은 걱정하지 않아도 돼. 어떻게든 될 거야. 그런데 자네 걸을 수는 있겠나?"

그러나 젊은이는 부드러운 눈길로 시몬을 바라볼 뿐 아무 말도 없었다.

"왜 아무 말이 없는 거지? 여기서 그냥 겨울을 지낼 셈인가? 집으로 돌아가야지. 자, 여기 내 지팡이가 있으니 기운이 없으면 이걸 짚게나. 자, 걸어 보게, 걸어 봐!"

젊은이는 시몬을 따라 걸음을 옮기기 시작했다. 빠른 걸음은 아니었지만 뒤치지지도 않았다.

함께 길을 걷던 시몬이 그에게 말을 걸었다.

"자네는 도대체 어디서 왔나?"

"저는 이 고장 사람이 아닙니다."

"아무렴, 이 마을 사람이라면 내가 다 아니까 말이야. 왜 이런 데까지 왔지? 그것도 교회 모퉁이에 말이야."

"그건 말씀드릴 수 없습니다."

"틀림없이 어떤 나쁜 녀석들이 이런 짓을 한 게지?"

"아무도 제게 나쁜 짓을 하지 않았습니다. 저는 하나님의 벌을 받았을 뿐입니다."

"그야 모든 일이 하나님의 뜻이긴 하지만……. 어쨌든 자네, 좀 쉬어야 할 텐데. 어디로 갈 생각인가?"

"어디라도 괜찮습니다."

시몬은 조금 놀랐다. 나쁜 사람 같지도 않고 말씨도 공손한 이 젊은이는 무슨 사정이 있는지 자신에 대해서는 한마디도 하려고 하지 않았다. 시몬은 속으로 생각했다.

'하긴, 세상에는 말 못 할 일도 많지.'

시몬은 젊은이에게 이렇게 말했다.

"그렇다면 자네, 우리 집으로 가는 것이 어떤가? 몸을 좀 녹일 수 있을 걸세."

그렇게 두 남자는 나란히 시몬의 집을 향해 걸었다.

찬바람이 시몬의 셔츠 속으로 스며들었다. 술기운이 가시니 점점 추위가 몰려오기 시작했다. 시몬은 코를 훌쩍거리며 몸에 걸친 아내의 재킷을 잔뜩 여미다가 슬슬 걱정되기 시작했다.

'이게 어떻게 된 일이람. 모피 외투를 마련하러 갔다가 외투는커녕 벌거숭이 젊은이까지 달고 가다니, 마트료나가 잔소리 꽤나 하겠는걸.'

아내의 얼굴을 떠올리자 시몬은 다시 침울해졌다. 하지만 곁에서 함께 걷고 있는 이 낯선 젊은이를 바라보니, 교회 뒤에서 자신을 쳐다보았던 그 시선이 생각나 괜히 가슴이 벅차올랐다.

3

시몬의 아내는 바삐 집안일을 마쳤다. 장작을 패고 물을 긷고 아이들과 함께 저녁 식사도 했다. 대강 일을 끝내 놓은 그녀는 홀로 이런저런 생각에 잠겼다.

'빵은 언제 굽지? 오늘 구울까, 아니면 내일 구울까?'

빵은 아직 큰 덩어리가 하나 남아 있기는 했다.

'시몬이 점심을 먹고 온다면 저녁은 그리 많이 먹지 않겠지. 그러면 내일 먹을 빵은 이것으로 충분할 거야.'

마트료나는 빵 조각을 만지작대며 중얼거렸다.

"오늘은 빵을 굽지 말아야겠다. 밀가루도 얼마 남지 않았으니, 이걸로 금요일까지 버텨 봐야겠어."

마트료나는 빵을 치운 뒤 식탁에 앉아 남편의 낡은 셔츠를 기우며 남편이 어떤 양가죽을 사 올지 상상해 보았다.

'모피 장수에게 속지는 않았겠지? 사람이 워낙 어수룩해서 말이야……. 남을 조금도 속일 줄 모르고 대신 어린아이에게도 속는 사람이니…….

하지만 8루블이면 적지 않은 돈이니까 좋은 가죽을 살 수 있을 거야. 최고급 모피는 아니더라도 일반 모피 외투는 만들 수 있겠지. 지난겨울에는 모피 외투가 없어서 얼마나 고생했는지! 강가에도 못 가고 산에도 갈 수 없었지. 바로 오늘만 해도 그이가 옷을 몽땅 입고 나가 버리니까 난 걸칠 옷이 하나도 없잖아.

……그런데 왜 이렇게 늦는 걸까? 일찍 떠나진 않았지만 그래도 이제 올 때가 됐는데, 이 양반이 혹시 술을 마시고 있는 건 아닐까?'

그때, 현관 계단에서 삐걱거리는 소리가 났다.

마트료나는 기우고 있던 낡은 셔츠에 바늘을 꽂아 놓은 채 현관으로 나갔다. 현관에는 시몬, 그리고 펠트 장화를 신은 낯선 젊은이 이렇게 두 사람이 서 있었다.

'이런, 역시나 마시고 왔군.'

마트료나는 남편에게서 단번에 술기운을 느꼈다.

남편은 외투도 입지 않고 겉옷만 걸친 채 손에 아무것도 들고 있지 않았다. 말없이 풀죽어 있는 그의 모습을 본 마트료나는 속이 상해서 가슴이 찢어지는 듯했다.

'그 돈으로 몽땅 마셔 버렸군. 얼굴도 모르는 거지랑 퍼마신 것도 모자라 집에까지 끌고 오다니!'

마트료나는 일단 두 사람을 안으로 들어오게 하다가 생판 모르는 젊은 사내가 부부의 하나뿐인 외투를 걸치고 있다는 사실을 깨달았다. 그는 외투 안에 셔츠도 입지 않았고 모자도 쓰고 있지 않았다.

집 안에 들어선 젊은이는 제자리에 가만히 선 채 움직이지도 않고 고개를 들지도 않았다. 마트료나는 그가 분명 무슨 잘못을 저질러 겁먹은 거라고 생각했다. 그녀는 얼굴을 찡그린 채 화덕 쪽으로 떨어져 서서 두 사람을 가만히 지켜보았다.

시몬이 모자를 벗고 태연스레 걸상에 앉으며 말했다.

"여보, 마트료나. 어서 저녁 차려 줘야지."

그러나 마트료나는 아무런 대꾸도 하지 않고 화덕

옆에 우뚝 서 있을 뿐 움직이려고도 하지 않았다. 그저 두 사람을 번갈아 가며 쳐다보기만 했다. 시몬은 마트료나가 화가 난 것이 틀림없다고 생각했다. 그는 하는 수 없이 젊은이의 손을 잡고 자리로 안내했다.

"자, 앉아요. 저녁을 들어야지."

젊은이는 의자에 앉았다.

"식사는 아무것도 마련해 두지 않았소?"

그러자 마트료나는 화가 머리끝까지 치솟아서 소리쳤다.

"만들긴 했지만, 당신이 먹을 건 없어요! 당신은 염치도 없는 사람이에요. 모피를 사러 간다던 사람이 모피는커녕 술이나 퍼마시고, 그것도 모자라 웬 벌거숭이까지 데리고 오다니! 당신들 같은 주정뱅이한테 줄 저녁은 없어요!"

"마트료나, 알지도 못하면서 함부로 말하지 말아요. 먼저 이 사람이 누군지, 어떻게 여기까지 왔는지 물어보는 것이 순서 아니오?"

그러자 마트료나는 발끈했다.

"돈은 어디에 썼는지 말해 봐요!"

시몬은 외투 주머니를 뒤져 지폐를 꺼내 펼쳐 보였다.

"돈은 여기 그대로 있소. 그리고 트리포노프에게는 돈을 받지 못했고. 오늘은 돈이 없으니 내일 꼭 주겠다고 그럽디다."

마트료나는 기가 막혔다. 대체 무슨 일이란 말인가. 모피도 사 오지 않았으면서 하나밖에 없는 외투마저 생판 모르는 벌거숭이에게 입혀 집에까지 데려오다니.

마트료나는 시몬이 식탁 위에 올려 둔 지폐를 잡아채며 말했다.

"저녁은 없어요. 어느 누가 벌거숭이와 술주정뱅이에게 밥을 먹여 주겠어요?"

"여보, 말 좀 조심해요. 먼저 내 말 좀 들어 보라니까……."

"당신 같은 주정뱅이한테서 무슨 말을 들어요? 나는 처음부터 당신 같은 주정뱅이한테 시집오고 싶지 않았어요. 어머니가 주신 옷감도 당신이 술값으로 몽땅 날려 버렸죠. 그것도 모자라 이번엔 모피 사러 간다더니 그 돈을 전부 술 마시는 데 쓰고……."

시몬은 아내에게 술값은 고작 20코페이카뿐이었으며 어디에서 이 사람을 만났고, 어떻게 데리고 오게 되었는지 설명하려고 했지만 마트료나는 그에게 말할 틈조차 주지 않았다. 마트료나는 쉴 새 없이 엄청난 잔소리를 쏟아 냈을 뿐 아니라, 심지어 십년 전의 일까지 들춰내기 시작했다.

한참동안 이 말 저 말을 퍼붓던 그녀는 시몬에게 달려들어 그가 입고 있던 재킷의 옷소매를 붙들고 늘어졌다.

"내 옷 이리 줘요! 한 벌밖에 없는 내 옷을 뺏어 입고서 염치도 없지. 어서 이리 내요, 이 못난 인간 같으니!"

시몬이 아내의 무명 재킷을 막 벗으려는 찰나, 마트료나가 한쪽 소매를 힘껏 잡아당기는 바람에 재킷의 솔기가 우두둑 뜯겨 나가고 말았다. 마트료나는 소매가 뜯긴 재킷을 빼앗아 뒤집어쓰고는 문 쪽으로 달려갔다.

그러나 문을 벌컥 열고 밖으로 나가려던 그녀는 문득 걸음을 멈췄다. 속이 무척이나 상하기는 했지만 이 낯선 젊은이가 누군지 알고 싶어졌기 때문이다.

4

마트료나는 제자리에 서서 말했다.

"만약 저 젊은이가 좋은 사람이라면 저런 꼴일 리가 없잖아요. 이 사람은 셔츠도 입고 있지 않아요. 만약 당신이 좋은 일을 한 것이라면, 어디서 이 젊은이를 어떻게 데리고 왔는지 내게 왜 말을 못 하고 있는 거죠?"

"그러니까 내가 아까부터 계속 설명하려 하지 않았소. 교회 옆에 이 사람이 앉아 있었는데 완전히 얼어붙어 있더군. 여름도 아닌데 벌거벗은 몸으로 말이오. 하나님이 나를 이 사람에게로 보내신 게 틀림없소. 그렇지 않았더라면 이 사람은 죽고 말았을 테니. 그 상황에서 내가 뭘 어떻게 할 수 있었겠소? 사람이 살다 보면 언제 무슨 일을 당할지 모르는 게 당연하잖소. 그래서 우리 옷을 입혀서 여기까지 데리고 온 거요.

마트료나, 당신도 마음을 가라앉히고 이 사람의 상황을 좀 생각해 봐요. 이 젊은이는 하마터면 죽을 뻔했다오. 물론 사람이라면 누구나 언젠가는 죽는 법이지만 말이오."

마트료나는 다시 욕을 퍼부으려다 낯선 젊은이를 쳐다보고는 입을 다물었다. 왠지 모를 평온한 기운이 마트료나를 휘감았기 때문이다.

젊은이는 의자 끝에 죽은 듯이 앉아 꿈짝도 하지 않았다. 그는 두 손을 무릎 위에 올려놓고 고개를 숙인 채 답답한 듯 줄곧 눈을 감고 얼굴을 찌푸리고 있었다.

마트료나가 잠시 침묵을 지키자 시몬이 말을 이었다.

"마트료나, 당신 마음엔 하나님도 없소?"

이 말을 들은 마트료나는 다시 한 번 낯선 젊은이를 쳐다보았다. 그러자 마트료나는 자신의 마음이 차츰 누그러지기 시작하는 것을 느꼈다.

문 앞에 서 있던 그녀는 발길을 돌려 화덕이 있는 구

석으로 가서 저녁 식사를 준비하기 시작했다. 식탁 위에 컵을 놓고 보리로 만든 음료를 가득 따랐다. 그러고는 마지막 남은 빵을 내놓은 뒤 나이프와 스푼을 건네며 그들에게 말했다.

"어서 들어요."

시몬도 젊은이를 안심시키며 말했다.

"이리 가까이 앉게, 젊은이."

시몬은 커다란 빵을 작게 잘라 먹기 시작했다. 마트료나는 식탁 구석에 앉아 한 손으로 턱을 괴고서 낯선 젊은이를 물끄러미 바라보았다. 곧 그가 가엾다는 생각이 들었고 연민까지 느껴졌다.

그 순간, 젊은이가 갑자기 기쁜 표정을 지으며 찡그렸던 얼굴을 펴더니 마트료나를 향해 빙그레 웃었다.

식사가 끝나자 마트료나는 식탁을 치우고 젊은이에게 물었다.

"그런데 도대체 어디서 왔어요?"

"저는 이곳에 사는 사람이 아닙니다."

"그럼 왜 길바닥에 쓰러져 있었죠?"

"그건 말씀드릴 수 없습니다."

"누가 당신 옷을 벗겨 갔나요?"

"저는 하나님께 벌을 받았습니다."

"그래서 벌거벗은 몸으로 누워 있었단 말이에요?"

"네. 벌거벗은 몸으로 쓰러진 채 얼어 죽기 직전이었지요. 그런 저를 시몬 씨가 가엾게 여겨 입고 있던 외투를 저한테 입혀 주시고 집으로 데려온 겁니다. 또, 여기에 와서는 아주머니께서 저를 불쌍히 여기시고 먹고 마실 것을 주셨어요. 두 분께는 틀림없이 하나님의 은총이 있을 겁니다!"

마트료나는 자리에서 일어나 방금 기워 둔 시몬의 낡은 셔츠를 가져다가 젊은이에게 주고 바지도 찾아 건넸다.

"자, 셔츠도 안 입은 모양인데 이걸 입고 아무 데나 편한 자리에서 자도록 해요. 침대 위든 화덕 옆이든지요."

젊은이는 외투를 벗고 셔츠를 입은 뒤 침대에 누웠다.

마트료나는 불을 끈 뒤 외투를 가지고 남편 곁으로 갔다. 외투 자락을 덮고 누웠지만 쉽사리 잠이 오지 않았다. 낯선 젊은이에 대한 생각이 머릿속에서 떠나지 않았다.

그 젊은이가 마지막 남은 빵을 다 먹어 버려 내일 먹을 빵이 없다는 것과, 셔츠와 바지를 줘 버린 일을 생각하면 물론 아깝지 않은 것은 아니었지만 젊은이가 빙긋 웃던 모습을 떠올리니 어쩐지 마음이 평온해졌다.

마트료나는 한참이나 잠을 이루지 못하다가 시몬이 뒤척이는 소리를 듣고 남편에게 말을 걸었다.

"시몬."

"응?"

"남은 빵을 다 먹어 버렸는데 내일은 어떻게 하죠? 옆집 마라냐한테서 좀 빌려 올까요?"

"그렇게 하구려, 산 입에 거미줄이야 치겠소. 어떻게든 되겠지."

마트료나는 한동안 그대로 누워 있다가 다시 말을 꺼냈다.

"저 젊은이는 나쁜 사람 같지는 않던데, 왜 자기 이야기를 하지 않는 걸까요?"

"아마 말 못 할 사정이 있겠지."

"시몬."

"응?"

"우리는 이렇게 남을 도우려고 하는데 왜 남들은 우리를 도와주지 않는 걸까요?"

시몬은 뭐라고 대답해야 좋을지 몰라 "뭘 자꾸 그런 생각을 하는 거요."라고만 대답하고는 돌아누워 잠을 청했다.

5

아침이 되어 시몬은 잠에서 깨어났다. 아이들은 아직 꿈나라 속에 있었고, 아내는 벌써 옆집에 빵을 빌리러 갔는지 보이지 않았다. 어젯밤에 데려온 젊은이는 낡은 셔츠와 바지를 입은 채 멍하니 의자에 앉아 있었다. 어제보다는 표정이 한결 밝아 보였다.

시몬이 말을 걸었다.

"이봐, 젊은이. 배 속에선 먹을 것을 원하고, 몸에는 걸칠 것이 있어야 하니 뭐든 돈벌이를 해야 하지 않겠나. 자넨 무슨 일을 할 수 있는가?"

"저는 할 줄 아는 일이 아무것도 없습니다."

시몬은 깜짝 놀라며 다시 말을 이었다.

"그래도 하려는 마음만 먹으면 되는 거야. 사람은 뭐든지 배울 수 있다네."

"네, 사람들 모두가 일하니 저도 일하겠습니다."

"좋아. 그런데 자네 이름이 뭔가?"

"미하일이라고 합니다."

"그래, 미하일. 자네는 자신의 이야기는 하고 싶어 하지 않으니 묻지는 않겠네. 굳이 들어야 할 이유도 없고 말이야. 하지만 사람이라면 반드시 일하면서 살아야 하네. 만약 내 일을 돕겠다면 우리 집에 머물러도 좋아. 어떤가?"

"하나님의 축복이 함께하시길……. 고맙습니다. 무슨 일이든 가르쳐 주시면 열심히 배우겠습니다."

시몬은 실을 집어 들고 손가락에 감아 매듭을 지었다.

"일은 별로 어렵지 않네. 잘 보게."

미하일은 자세히 들여다보더니 시몬처럼 실을 손가락에 감고 금방 매듭을 만들었다. 시몬이 실 끝에 왁스를 칠하는 방법을 보여 주자 미하일은 그것도 한 번에 따라 했다. 빳빳한 실을 바늘에 꿰고 깁는 방법을 가르치니 이 일도 금세 익혔다.

미하일은 어떤 작업이든 금세 배웠으며, 사흘째부터는 마치 지금까지 쭉 수선 일을 해 온 사람처럼 능숙하게 일하기 시작했다. 그는 쉴 새 없이 일하면서도 식사는 조금밖에 하지 않았다. 일하다가 휴식할 때는 조용히 앉아 천장만 바라보았다. 밖에도 나가지 않았고 필요 없는 말이나 농담 같은 것도 하지 않았으며 웃지도 않았다. 미하일이 유일하게 웃었던 때는 처음 왔던 날 마트료나가 저녁을 대접했던 바로 그 순간뿐이었다.

6

하루가 지나고 한 달이 지나고 어느덧 일 년이라는 세월이 흘렀다. 미하일은 여전히 시몬의 집에 머무르며 함께 일했다. 그 일 년 동안 시몬의 구둣방에서 일하는 직공 미하일만큼 튼튼하고 멋진 구두를 만드는 사람은 없다는 소문이 퍼졌고, 근처 다른 마을에서도 주문이 밀려들었다. 덕분에 시몬의 수입은 차츰 늘어났다.

어느 겨울날, 시몬과 미하일이 일하고 있는데 집 밖에서 요란한 방울 소리가 들려왔다. 창밖을 내다보니 삼두마차 한 대가 시몬의 구둣방으로 다가오고 있었다. 집 앞에 멈춰 선 마차에서 젊은 하인이 뛰어내려 마차의 문을 열었다. 그러자 마차 안에서 한 눈에 보아도 고급스러워 보이는 모피 외투를 걸친 신사가 걸어 나와 시몬의 현관으로 올라서고 있었다. 이를 본 마트료나는 급히 뛰어나가 문을 활짝 열고 손님을 맞이했다.

그 신사는 허리를 굽히며 안으로 들어왔다. 그런데 그 신사가 집 안에 들어와 허리를 곧게 펴자 그의 키는 머리가 거의 천장에 닿을 정도로 컸고, 그 거대한 몸집은 방 안을 가득 메울 정도였다.

일어서서 인사를 하던 시몬은 그를 보고는 소스라치게 놀랐다. 지금껏 이렇게 거대한 사람을 본 적이 없었기 때문이다. 시몬은 깡말랐고 미하일 역시 여윈 체격이었으며 마트료나는 마치 장작개비처럼 가느다란 몸매였다. 그들의 눈에 비친 이 신사는 마치 다른 세상에서 온 사람 같았다. 혈색이 좋은 얼굴에서는 반질반질 윤기가 흘렀고, 황소처럼 굵은 목 때문인지 몸 전체가 마치 무쇠로 되어 있는 것 같았다.

신사는 숨을 한 번 내쉰 뒤 외투를 벗고 의자에 앉으며 물었다.

"누가 구둣방 주인인가?"

시몬이 나서서 말했다.

“제가 주인입니다.”

그러자 신사가 자신의 하인에게 큰 소리로 말했다.

“어이, 페드카! 그 가죽을 가져와!”

하인이 달려가서 꾸러미 하나를 가져오자 신사는 그것을 받아 탁자 위에 올려놓았다.

“풀어 봐.”

신사가 말하자 하인이 꾸러미를 풀었다. 꾸러미 안에는 가죽이 들어 있었다. 신사는 그 가죽을 손으로 가리키며 시몬에게 말했다.

“이봐, 수선공. 이 물건이 보이나?”

“예, 보입니다.”

시몬이 대답했다.

“그럼 이 물건이 어떤 것인지 알겠나?”

시몬이 가죽을 잠시 만져 보고는 말했다.

“좋은 가죽이군요.”

“어리석은 사람 같으니라고, 그야 물론 좋은 가죽이지. 자네는 한 번도 이런 가죽을 본 적이 없을 게야. 이건 독일제로 20루블이나 한단 말이야.”

그러자 시몬이 겁을 집어먹고 말했다.

"저희 같은 사람이 어떻게 이런 가죽을 구경이나 했겠습니까?"

"그렇겠지. 그런데 말이야, 자네 이 가죽으로 내 발에 꼭 맞는 장화를 만들 수 있겠나?"

"예, 만들 수 있습니다, 나으리."

그러자 신사가 호통치듯 말했다.

"만들 수 있다고? 물론 그래야지. 하지만 이것으로 누구의 장화를 만드는지, 어떤 물건으로 만드는지를 반드시 명심해야 하네. 자네는 이 가죽으로 일 년 내내 신어도 해지지 않는 장화를 만들어야 해.

만약 자신이 있으면 맡아서 재단하고, 못할 것 같으면 손도 대지 말게. 그리고 미리 말해 두지만 일 년도 안 되어 바느질이 뜯어지거나 모양이 변하면 자네를 감옥에 넣어 버릴 걸세. 그 대신 일 년이 지나도 변함없는 튼튼한 장화를 만든다면 자네한테 10루블을 더 주겠네."

시몬은 잔뜩 겁이 나서 뭐라고 대답해야 할지 알 수가 없었다. 그는 미하일 쪽을 힐끔 쳐다보고는 그를 팔

꿈치로 쿡 찌르면서 목소리를 낮춰 말했다.

"미하일, 어떻게 하지?"

그러자 미하일은 그 일을 맡으라는 듯이 시몬을 향해 고개를 끄덕였다.

시몬은 미하일의 뜻에 따라 일 년 동안 모양이 변치 않고 이음매도 터지지 않을 장화를 주문받았다.

신사는 하인을 부르더니 신고 있던 왼발의 장화를 벗기게 하고 다리를 쭉 내밀었다.

"자, 그럼 치수를 재게나!"

시몬은 한 자 반 정도 길이의 종이를 잘라서 구김을 잘 폈다. 그러고는 무릎을 꿇고 앉아 신사의 양말이 더럽혀지지 않도록 앞치마로 손을 닦고 치수를 재기 시작했다. 발바닥의 치수를 잰 뒤에 종아리를 재려고 했지만, 그 종이로는 신사의 종아리 치수를 도저히 잴 수가 없었다. 그의 종아리가 통나무만큼이나 굵었기 때문이다.

"종아리가 꽉 끼지 않게 잘 좀 재라고."

신사의 말에 시몬은 다른 종이를 덧붙여 치수를 재기 시작했다.

신사는 자리에 앉은 채 양말 속의 발가락을 꼼질꼼질 움직이며 방 안에 있는 사람들을 둘러보더니 미하일에게 시선을 고정하고 물었다.

"저 사람은 누구지?"

"제 밑에서 일하는 아주 훌륭한 수선공입니다. 어르신의 장화도 저 사람이 만들 것입니다."

"그럼, 자네도 분명히 봐 두게."

신사가 미하일에게 말했다.

"일 년간 신어도 끄떡없는 장화를 만들어야 하네. 알겠나?"

시몬도 미하일을 돌아보았다. 그런데 미하일은 신사의 말에 전혀 귀를 기울이지 않는 것 같았다. 그는 마치 누가 있기라도 한 것처럼 신사의 뒤쪽 구석을 유심히 보고 있었다. 미하일은 그렇게 그곳을 바라보고 또 바라보다가 갑자기 싱긋 웃더니 얼굴이 환하게 밝아졌다.

"이 사람 뭐야. 싱글거리고 있는 게 꼭 실성한 사람 같군. 어쨌든 기한 내에 장화를 만들도록 해, 알겠나?"

그러자 미하일이 말했다.

"필요하신 때까지 만들어 놓겠습니다."

"좋아."

신사는 장화를 다시 신고 모피 외투로 몸을 꼭 감싼 뒤, 문 쪽으로 향했다. 그러나 허리를 굽히는 걸 잊는 바람에 그만 문틀에 머리를 세게 부딪치고 말았다. 신사는 욕설을 퍼붓고 이마를 문지르며 마차를 타고 떠났다.

신사가 떠나는 것을 본 시몬이 말했다.

"정말 바위 같은 사람이군. 아무리 두들겨 맞아도 끄떡없을 것 같아. 문설주가 무너져 내릴 뻔했는데도 아무렇지 않은 것 같잖아?"

그러자 마트료나도 한마디 거들었다.

"저렇게 호강을 하고 사는데 체격이 좋지 않을 리가 있겠어요? 저렇게 커다란 사람은 죽음의 천사조차 데려갈 수 없을 것 같아요."

7

시몬이 미하일에게 말했다.

"일을 맡긴 맡았지만 조금의 실수도 있어서는 안 돼. 가죽은 고급인 데다 손님도 무척 까다로우니 말이야……. 그래서 말인데 미하일, 자네는 눈도 밝고 이제는 솜씨도 나보다 나아졌으니 자네가 치수대로 재단해 보게. 나는 겉가죽을 만들 테니까."

그러자 미하일은 그 신사의 가죽을 탁자 위에 펼쳐 놓고 반으로 접은 뒤 가위로 재단을 시작했다.

마침 미하일 곁에서 그 모습을 본 마트료나는 깜짝 놀랐다. 그동안 장화를 만드는 것을 자주 보아 왔지만 미하일은 기존의 장화와는 전혀 다른 모양으로 가죽을 둥글게 자르고 있었다.

마트료나는 뭐라고 말을 하려다가 마음을 고쳐먹었다.

'이건 분명히 내가 장화를 만드는 방법을 잘 모르기 때문일 거야. 미하일이 나보다 더 잘 알고 있겠지. 괜히 말참견해서 방해하지 말자.'

그런데 가죽을 자른 미하일은 그 한쪽 끝을 집어 들고 장화를 만드는 겹실이 아니라 슬리퍼를 만들 때 쓰는 홑실로 가죽을 깁기 시작했다. 마트료나는 다시 한번 놀랐지만 역시 아무 말도 하지 않았다. 미하일은 그것을 열심히 꿰맸다.

그러는 동안 점심때가 되었다. 시몬은 자리에서 일어나려다가 미하일이 그 신사의 가죽으로 슬리퍼를 만들어 놓은 것을 보고는 경악을 금치 못했다.

'이게 대체 웬일인가? 미하일은 지난 일 년 동안 한 번도 실수한 적이 없었는데 이제 와서 이런 실수를 저지르다니! 손님은 굽이 높은 장화를 주문했는데 바닥이 없는 슬리퍼를 만들어 놓았어. 아아, 이미 가죽을 못

쓰게 되어 버렸으니 뭐라고 변명을 해야 하지? 이런 비싼 가죽을 어디서 구할 수도 없는 노릇이고…….'

시몬은 미하일에게 따지듯 물었다.

"자네, 도대체 이게 무슨 짓인가? 지금 날 죽일 작정인가? 그 손님은 장화를 주문했는데 자넨 도대체 뭘 만들어 놓은 건가?"

시몬이 미하일에게 마구 잔소리를 하려는 찰나, 초인종이 울리더니 누군가 문을 두드렸다. 창문으로 내다보니 한 남자가 구둣방 앞에 말을 매고 있었다. 문을 열자 아까 그 신사를 따라왔던 젊은 하인이 들어왔다.

"안녕하세요?"

"예, 안녕하세요. 그런데 무슨 일로?"

"아까 그 장화 때문에 주인마님의 심부름을 왔습니다."

"장화 때문에요? 무슨……?"

"이제 그 장화가 필요 없게 되었어요……. 주인님이 갑자기 돌아가셨거든요."

"네? 뭐라고요?"

"이곳을 나와 댁으로 돌아가는 도중에 마차 안에서

숨을 거두셨습니다. 마차가 집에 도착해 주인님을 내려 드리기 위해 마차의 문을 열었지요. 그랬더니 주인님이 짐짝처럼 굴러떨어졌는데 이미 숨이 멎고 몸이 빳빳하게 굳어 있었어요.

그래서 주인마님께서 제게 '어르신이 장화를 주문했던 구두 수선공에게 이렇게 전하게. 장화는 이제 필요 없으니 그 가죽으로 죽은 사람에게 신겨 드릴 슬리퍼를 급히 만들어 달라고 말이야.'라고 말씀하시고는 슬리퍼가 완성될 때까지 기다려서 그것을 받아 가지고 오라고 하셨습니다."

그러자 미하일은 기다렸다는 듯이 탁자 위에 남은 가죽을 집어 들고 둘둘 말아 뭉친 다음, 만들어 둔 슬리퍼를 툭툭 털어 앞치마로 닦아 하인에게 건네주었다.

"그럼, 안녕히 계세요."

하인은 슬리퍼를 받아 들고 떠났다.

8

다시 세월이 흘러 미하일이 시몬의 집에서 일하게 된 지 어느덧 육 년이나 되었다. 그러나 미하일은 처음과 달라진 것이 하나도 없었다. 여전히 아무 데도 나가지 않았고 속에 있는 말은 한마디도 하지 않았다.

그동안 그가 웃음을 띤 얼굴을 한 것도 단 두 번뿐이었다. 한 번은 마트료나가 저녁을 차려 주었을 때였고, 남은 한 번은 장화를 주문하러 왔던 신사를 보았을 때였다.

시몬은 미하일이 마음에 쏙 들었다. 시몬은 이제 더는 그에게 어디서 왔느냐는 질문 따위는 하지 않았고 다만 미하일이 떠나지 않았으면 하고 바랐다.

어느 날, 온 식구가 집 안에 모여 시간을 보내고 있었다. 마트료나는 아궁이에 냄비를 올려놓고 있었고, 아이들은 의자 사이를 뛰어다니고 창밖을 내다보며 놀고 있었다. 시몬은 창가에서 구두를 꿰매고 있었으며, 미하일은 다른 창가에서 구두 뒤축을 붙이는 작업을 하고 있었다.

그때 시몬의 작은아들이 의자를 넘어 미하일에게 달려와 그의 어깨에 매달리며 창밖을 가리켰다.

"미하일 아저씨, 저것 좀 보세요! 어떤 아주머니가 여자아이들을 데리고 우리 집 쪽으로 오고 있어요. 그런데 한 애는 절름발이예요."

아이의 말이 끝나기도 전에 미하일은 하던 일을 멈추고 벌떡 일어나 창문 너머로 거리를 바라보았다. 시몬은 미하일의 행동에 깜짝 놀랐다. 지금까지 한 번도 밖을 내다본 적이 없었던 미하일이 처음으로 창문에 달라붙어 무엇인가를 열심히 쳐다보았기 때문이다.

시몬도 일을 멈추고 창밖을 바라보았다. 단정하게 차려입은 한 부인이 구둣방을 향해 다가오고 있었다.

부인은 모피 외투를 입고 두꺼운 숄을 두른 두 여자아이의 손을 잡고 있었는데, 여자아이 둘은 구별할 수 없을 정도로 똑 닮은 얼굴이었다. 다만 한 아이는 왼발을 절룩이며 걸어오고 있었다.

구둣방에 도착한 부인은 계단으로 올라와 문을 열고 두 여자아이를 앞세워 안으로 들어왔다.

"안녕하세요?"

"어서 오세요. 무슨 일로 오셨습니까?"

부인은 의자에 앉았다. 두 여자아이는 몹시 수줍음을 타는지 부인의 무릎에 꼭 달라붙어 곁에서 떨어질 생각을 하지 않았다.

"봄에 아이들에게 신길 가죽 구두를 주문하려고 해요."

"아, 그러세요? 우리는 이렇게 어린아이의 구두를 만들어 본 적은 없지만 무척 쉬운 작업이죠. 가장자리에 가죽을 대거나 천을 덧붙인 것도 만들 수 있습니다. 저희 구둣방에는 미하일이라는 솜씨 좋은 수선공이 있거든요."

시몬은 미하일 쪽을 돌아보았다. 그런데 미하일은

일손을 놓은 채 두 여자아이에게서 눈을 떼지 못하고 있었다. 그런 미하일의 모습을 본 시몬은 몹시 놀랐다.

사실 두 아이는 모두 귀여운 얼굴이었다. 까만 눈동자에 도톰한 두 뺨은 붉게 물들어 있었고, 걸치고 있는 모피 외투나 숄도 고급스러웠다. 그러나 시몬은 미하일이 왜 두 여자아이를 마치 예전부터 알던 사이처럼 애절하게 응시하는지 이해할 수가 없었다.

그래도 시몬은 본분을 잊지 않고 여인과 이야기를 하며 가죽 구두의 값을 흥정했고, 값이 정해지자 치수를 재기 시작했다.

부인이 다리가 불편한 여자아이를 무릎에 올려놓고 말했다.

"이 아이의 발에 맞춰 두 사람 몫의 치수를 재주세요. 불편한 발을 먼저 재서 한 짝을 만들고, 이쪽 발의 치수와 똑같이 세 짝을 만들면 됩니다. 이 두 아이들은 쌍둥이라 발 치수도 같답니다."

시몬은 다리가 불편한 아이의 치수를 재며 말했다.

"어쩌다 이렇게 되었습니까? 아주 귀여운 아이인데……. 태어날 때부터 이랬나요?"

"아닙니다. 아이 어머니에게 짓눌려서 그만……."

그때 마트료나가 끼어들었다. 이 부인은 어떤 사람인지, 아이들이 누구의 아이인지 궁금해졌기 때문이다.

"그럼, 부인은 이 아이들의 친어머니가 아니신가요?"

"네, 전 친어머니가 아닙니다. 이 아이들은 모두 제 양녀예요."

"자기 자식도 아닌데 이렇게 아이들을 예뻐하시는군요!"

"어떻게 아끼지 않을 수 있겠어요. 전 이 두 아이를 제 젖으로 키운걸요. 제게도 아이가 하나 있었는데 하나님께서 데리고 가셨답니다. 하지만 죽은 제 아이도 이토록 가엾진 않았지요……."

"그렇다면 이 아이들은 누구의 아이들인가요?"

9

부인은 다음과 같은 이야기를 들려주었다.

"육 년 전의 일이었어요. 이 아이들은 일주일 새에 고아가 되어 버렸답니다. 아이들의 아버지는 화요일에, 어머니는 금요일에 세상을 떠났으니까요. 이 아이들은 아버지가 죽은 지 사흘째 되던 날에 태어났고, 어머니는 아이들이 태어나고 하루밖에 살지 못했지요. 그때 전 남편과 농사를 지으며 살고 있었습니다.

우리는 이 아이들 부모의 이웃집에 살고 있었고, 서로 가족처럼 지냈었지요. 이 아이들의 아버지는 혼자 숲에서 나무를 베는 일을 했는데, 어느 날 큰 나무가 쓰러지면서 그 사람 위를 덮쳐 버린 거예요. 그 사람은 나무에 깔려 만신창이가 되었고, 간신히 집으로 옮겨왔지만 곧 저세상으로 가 버렸지요. 그런데 그 아내가 그 주에 쌍둥이를 낳았어요. 바로 이 아이들이지요. 그녀는 가난한 데다 일가친척도 없이 혼자 아이를 낳았지 뭐예요.

다음 날 아침, 전 그 여인이 어떻게 지내나 궁금해서 이웃집에 찾아갔습니다. 집에 들어가 보니 가엾게도 아이들 어머니는 이미 차갑게 식어 있었어요. 그런데 죽을 때 아이 위로 쓰러지는 바람에 이 아이의 한쪽 다리를 짓눌러 버린 거예요. 그래서 이 아이는 한쪽 다리를 못 쓰게 되었지요.

마을 사람들이 모여 그 여인의 시신을 깨끗이 씻고 관을 만들어 장례를 치렀어요. 모두 친절한 사람들이었지요. 그런데 갓난아이 둘만 남게 되자 고민에 빠졌어요. 이 아이들을 보낼 곳이 없었거든요.

마침 여자 중에 갓난아이를 가진 사람은 저뿐이었어요. 전 태어난 지 팔 주밖에 안 되는 첫 아들에게 젖을 먹이고 있었거든요. 마을 사람들은 의논 끝에 제게 이렇게 말하며 두 아이를 부탁했지요.

'마리아 아주머니, 아주머니께서 이 아이들을 당분간 맡아 주지 않겠어요? 그동안 우리가 대책을 세워 보겠어요.'

그래서 전 일단 건강한 아이에게만 젖을 물리고 다리가 불편한 아이는 잘 자라지 못할 것 같아 젖도 주지 않았어요. 하지만 이 어린 영혼을 버려두는 것이 마음에 걸려서 결국 이 아이에게도 젖을 먹이기 시작했지요. 제 아들과 두 여자아이, 이렇게 세 아이에게 동시에 젖을 먹였던 거예요.

저는 젊고 건강했을 뿐만 아니라 하나님이 제게 풍성한 젖을 주셨기에 가능했답니다. 그래서 저는 두 아이에게 한꺼번에 젖을 먹이다가 한 아이가 젖을 놓으면 남은 아이에게 다시 젖을 물리곤 했어요. 이렇게 해서 하나님은 이 두 아이를 이렇게까지 길러 주셨지만 정작 제 아이는 세 살이 되던 해에 하나님 곁으로 가고 말았답니다. 그리고 더는 저희 부부에게 아이를 주지 않으셨어요.

이제 살림살이도 차츰 나아져 지금은 여기서 남편과

함께 방앗간 일을 하고 있어요. 벌이가 좋아져서 형편도 나아졌지만 저희가 낳은 자식은 없답니다. 만약 이 아이들이 없었다면 얼마나 외로웠을까요? 그러니 저는 이 아이들을 사랑하지 않을 수가 없어요. 제겐 이 아이들이 꼭 필요하답니다."

부인은 다리가 불편한 아이를 가슴에 꼭 끌어안으며 흐르는 눈물을 닦았다.

마트료나가 한숨을 내쉬며 말했다.

"부모 없이는 자랄 수 있지만 하나님 없이는 살 수가 없다고 하더니, 정말 그 말이 맞나 보군요."

한창 이야기를 나누고 있는데, 갑자기 미하일이 앉아 있던 구석에서 번갯불처럼 번쩍이는 빛이 구둣방 안을 메웠다. 모두가 그쪽을 바라보니, 미하일이 밝은 미소를 지으며 두 손을 무릎에 얹은 채 위쪽을 응시하고 있었다.

10

부인과 아이들이 떠난 뒤, 미하일은 하던 일을 멈추고 일어나 앞치마를 벗더니 시몬 부부에게 공손히 인사를 하면서 말했다.

"시몬 아저씨, 그리고 마트료나 아주머니, 이제 하나님께서 저를 용서해 주셨습니다. 그러니 두 분도 부디 저를 용서해 주세요."

부부는 그제야 미하일의 몸이 찬란하게 빛나고 있다는 사실을 깨달았다. 시몬도 일어나서 미하일에게 머리를 숙이며 말했다.

"미하일, 자네가 보통 사람이 아니라는 것도, 자네를

붙잡아 둘 수 없다는 것도, 자네에게 일일이 캐물을 수 없다는 것도 잘 알고 있네. 다만 하나만 대답해 주게.

내가 자네를 발견해서 집에 데려왔을 때 자네는 몹시 어두운 표정을 짓고 있다가 집사람이 저녁을 차려 주었을 때는 빙그레 웃으며 밝은 표정을 지었지. 또 어떤 신사가 장화를 주문했을 때 두 번째로 웃으며 기분이 더욱 좋아 보였어. 그리고 아까 그 여자아이들이 왔을 때 세 번째로 웃었으며 자네의 온몸이 빛날 만큼 환해졌다네. 미하일, 말해 보게. 왜 그런 빛이 자네 몸에서 나오는지, 왜 자네는 세 번 웃었는지 말일세."

그러자 미하일이 말을 시작했다.

"제 몸에서 빛이 나는 이유는, 이제 하나님께서 저를 용서해 주셨기 때문입니다. 또 제가 세 번 웃었던 것은 하나님의 세 가지 진리를 깨닫게 되었기 때문입니다. 첫 번째 진리는 아주머니가 저를 불쌍히 여기셨을 때 알게 되었고, 두 번째 진리는 부잣집 신사가 장화를 주문했을 때 알았으며, 조금 전의 두 여자아이를 보고 마지막 진리를 깨달았습니다. 그래서 세 번 미소를 지었던 것입니다."

시몬이 다시 물었다.

"그렇다면 미하일, 자네는 무슨 죄를 지어 하나님의 벌을 받았고, 하나님이 말씀하신 그 세 가지 진리는 무엇이었는지 내게 말해 줄 수 있겠나?"

그러자 미하일이 대답했다.

"저는 하나님의 말씀을 거역한 죄로 벌을 받았습니다. 저는 하늘의 천사였는데 하나님의 명을 어겼습니다. 하나님께서는 천사였던 제게 한 여인의 영혼을 데려오라고 지시하셨지요. 그래서 이승으로 내려와 보니 그 여인은 병을 앓고 있었고, 막 낳은 쌍둥이 딸까지 있었습니다.

두 아기는 어머니 품에 안겨 있었지만 어머니는 그 아이들에게 젖을 먹일 힘조차 없었습니다. 그러다가 문득 저와 눈이 마주친 그 여인은 하나님께서 자신의 영혼을 불러들이려 하시는 것을 눈치채고는 흐느껴 울면서 간절하게 애원하기 시작했습니다.

'천사님! 제 남편은 바로 며칠 전에 숲 속에서 나무에 깔려 목숨을 잃었습니다. 제겐 이 아이들을 길러 줄 가족도 없습니다. 그러니 제발 제 영혼을 거두지 마시고 이 아이들이 클 때까지 제가 키울 수 있도록 해 주십시오. 아이들은 부모 없이는 절대로 살 수가 없습니다…….'

저는 그 여인의 말을 끝까지 들었습니다. 그런 뒤에 한 아이에게는 어머니의 젖을 물려 주고, 다른 아이는 그녀의 팔에 안겨 준 다음 하늘로 돌아갔습니다. 그리고 하나님께 말씀드렸습니다.

'하나님! 저는 아이를 갓 낳은 어머니의 영혼을 빼앗아 올 수가 없습니다. 남편은 나무에 깔려 죽었고, 그녀 자신은 이제 막 쌍둥이를 낳았으니 제발 자신의 영혼을 거두어 가지 말라고 애원하더군요. 아이들이 다 자라서 제 몫을 할 수 있을 때까지 자신이 아이들을 보살피게 해 달라고, 아이들은 부모 없이는 살 수 없다고 말입니다. 저는 도저히 그 여인의 영혼을 데려올 수가 없었습니다.'

그러자 하나님께서는 '다시 가서 그 여인의 영혼을 빼앗아 오너라. 그러면 사람의 마음에는 무엇이 있는가, 사람에게 주어지지 않은 것은 무엇인가, 사람은 무엇으로 사는가, 이 세 가지 질문에 대한 진리를 알게 될 것이다. 그것을 깨달은 후에 다시 하늘로 돌아올 수 있을 것이다.'라고 말씀하셨습니다.

그래서 저는 다시 세상으로 내려와 그 여인의 영혼을 거두어들였고, 갓난아이들은 어머니의 품에서 떨어졌습니다. 그때 여인의 시신이 한 아이의 다리를 짓누르고 말았지요. 저는 여인에게서 빼앗은 영혼을 하나님께 바치려고 마을 위를 날았습니다. 그런데 갑자기 바람이 휘몰아치면서 제 날개를 부러뜨렸고, 저는 지상으로 곤두박질쳤습니다. 여인의 영혼만 하나님께 올라가고 저는 땅으로 떨어져 길가에 쓰러졌지요."

11

시몬과 마트료나는 자신들이 그동안 입혀 주고 먹여 주고 재워 준 사람의 정체를 알고는 두려움과 기쁨의 눈물을 흘렸다. 미하일은 계속해서 말했다.

"저는 벌거벗은 채 혼자 들판에 버려져 있었습니다. 그때까지 저는 인간의 가난도, 추위도, 배고픔도 알지 못했는데, 그런 제가 어느 날 갑자기 인간이 되어 버린 것입니다. 배가 고프고 몸이 얼어붙기 시작했습니다. 그러나 저는 무엇을 어떻게 해야 할지 알 수가 없었습니다. 마침 들판에 하나님을 섬기는 교회가 있는 것을 보고 그곳을 찾아갔지만 문이 잠겨 있어 안으로 들어

갈 수가 없었습니다. 그래서 저는 바람이라도 피하려고 교회 벽에 기대어 있었지요.

날이 저물자 점점 더 배가 고파 왔고 몸은 꽁꽁 얼어붙어 저는 거의 죽을 지경이 되었습니다. 그때 어디선가 사람의 발소리가 들렸습니다. 손에 신발을 든 한 남자가 혼자서 뭐라고 중얼거리며 걸어오고 있었습니다. 그는 제가 지상에 떨어진 후에 본 최초의 사람이었기에, 그 얼굴이 몹시 무서워서 얼굴을 돌려 버리고 말았습니다. 그 남자는 이토록 추운 겨울에 무엇을 입고 견딜지, 아내와 아이들은 어떻게 먹여 살려야 할지 끊임없이 혼잣말을 하더군요. 저는 이런 생각을 했습니다.

'이 사람은 자신과 아내가 입을 모피 외투나 가족들에게 먹일 빵이 없어 걱정하고 있군. 이 사람이 배고픔과 추위로 죽어 가고 있는 나를 도와줄 리 없어.'

그는 저를 보더니 이맛살을 잔뜩 찌푸리고는 더욱 무서운 표정이 되어 제 곁을 지나갔습니다. 물론 전 실망했지요. 그런데 잠시 후, 그 사람이 되돌아오더군요. 고개를 들고 그를 쳐다보았는데, 아까와 같은 사람이라는 생각이 들지 않을 정도였습니다. 조금 전만 해도 죽음의 그림자가 드리워져 있던 그 사람의 얼굴에 금세 생기가 돌았기 때문이었습니다. 저는 그 얼굴에서 하나님의 모습을 보았지요. 그 사람은 제게 다가오더니 저한테 옷을 입히고는 집으로 데려갔습니다.

제가 집에 도착하자마자 한 여자가 우리 둘에게 잔소리를 퍼붓기 시작했습니다. 그 여자는 남자보다 더 무시무시한 얼굴을 하고 있었습니다. 그 여자의 입에서 죽음을 부르는 독기가 뿜어져 나오는 것만 같아 저는 숨조차 쉴 수 없었습니다. 그녀는 저를 추운 거리로 내쫓으려 했습니다.

하지만 전 알고 있었습니다. 만약 그대로 저를 내쫓았다면 그녀는 죽고 말았을 겁니다. 그런데 남편이 하나님 얘기를 꺼내자 그녀는 금세 사람이 너그러워지더니 저녁을 준비해 주더군요. 제가 다시 그녀를 봤을 때 그녀의 얼굴에도 활력이 넘쳐흘렀습니다. 전 그 얼굴에서도 하나님의 모습을 볼 수 있었지요.

그때 '사람의 마음에는 무엇이 있는가.'라고 말씀하신 하나님의 첫 번째 진리가 떠올랐습니다. 그리고 저는 사람의 마음에 사랑이 있다는 사실을 깨달았습니다. 저는 하나님께서 제게 하신 약속이 이루어지고 있는 것이 기뻤기에 처음으로 미소를 지을 수 있었습니다. 하지만 제게는 아직 모르는 것이 남아 있었습니다. 사람에게 주어지지 않은 것은 무엇인가, 사람은 무엇으로 사는가, 이 두 가지 말입니다.

제가 그 집에 산 지 일 년이 지난 어느 날, 한 사람이 찾아와 일 년을 신어도 모양이 변하지 않고 뜯어지지 않는 장화를 주문했습니다. 그런데 저는 그 사람 뒤에 제 친구인 죽음의 천사가 서 있는 것을 발견했습니다. 천사였던 저 외에는 아무도 그 죽음의 천사를 볼 수 없었어요. 저는 그 천사가 날이 저물기 전에 그 신사의 영혼을 데려가리라는 것을 눈치챘습니다. 그때 이런 생각이 들었죠.

'이 사람은 일 년 후의 미래를 준비하고 있지만 정작 자신이 오늘 저녁까지도 살지 못한다는 사실은 모르는구나.'

그제야 비로소 '사람에게 주어지지 않은 것은 무엇인가.'라고 하신 하나님의 말씀이 떠올랐습니다. 사람 마음에 있는 것이 무엇인지 알게 된 후, 이제는 사람에게 주어지지 않은 것이 무엇인지도 깨닫게 된 것입니다. 사람에게는 자신에게 필요한 것이 무엇인지를 아는 능력이 주어져 있지 않았습니다. 그래서 저는 두 번째로 웃었습니다. 친구 천사를 만난 것과 하나님께서 두 번째 진리를 깨우쳐 주신 것이 기뻤기 때문이지요.

하지만 그게 전부는 아니었습니다. '사람은 무엇으로 사는가.'에 대한 답을 알 수 없었기 때문입니다. 그래서 저는 계속 그 집에서 신세를 지면서 하나님께서 마지막 진리를 깨닫게 해 주시기를 기다리고 있었던 것입니다.

그런데 어느덧 여기 온 지 육 년이 흘렀고, 오늘 한 부인이 쌍둥이 여자아이들을 데리고 그 집을 찾아왔습니다. 저는 그 아이들을 한눈에 알아볼 수 있었습니다. 바로 제가 영혼을 거둔 여인의 아이들이었죠. 그리고 그 아이들이 죽지 않고 살아 있었다는 사실도 처음으로 알게 되었습니다. 저는 생각했습니다.

'그 여인이 살려 달라고 내게 애원했을 때, 나는 그녀의 말처럼 부모가 없으면 아이들이 살아갈 수 없다고 생각했었다. 그런데 이처럼 다른 여인이 직접 젖을 물

려 두 아이 모두 다 건강하게 자라지 않았는가!'

그 부인이 자신의 배로 낳지도 않은 남의 아이들을 가엾게 여기며 눈물을 흘렸을 때, 저는 그녀에게서 살아 계신 하나님의 모습을 보았습니다. 그리고 그제야 저는 사람은 무엇으로 사는지도 알게 되었습니다. 하나님께서 제게 마지막 진리를 깨우쳐 주시고 저를 용서해 주신 것입니다. 그래서 저는 세 번째로 웃었습니다."

12

그가 말을 마치자마자 천사의 형상이 드러나면서 미하일의 몸이 온통 빛으로 둘러싸였다. 시몬과 마트료나는 그의 모습에 눈이 부셔서 제대로 쳐다볼 수조차 없었다. 미하일이 큰 소리로 이야기하자 그의 입에서 나오는 소리는 마치 하늘에서 울려 퍼지는 목소리 같았다.

천사 미하일은 다시 말을 이었다.

"저는 모든 사람이 자신에 대한 걱정으로만 살아가는 것이 아니라 사랑으로 살아간다는 사실을 깨달았습니다. 그 여인에게는 아이들에게 필요한 것이 무엇인지 아는 능력이 없었고, 그 부유한 신사도 자신에게 무엇이 필요한지 알지 못했습니다. 자신에게 필요한 것이 일 년 동안 신어도 닳지 않는 장화인지, 아니면 그날 저녁에 관 속에서 신을 슬리퍼인지를 아는 사람은 세상에 없습니다.

제가 사람의 몸으로 살아갈 수 있었던 까닭은 제가 앞날을 고민했기 때문이 아니라, 지나가던 남자와 그 아내의 마음에 사랑이 있어 저를 불쌍히 여겼기 때문입니다. 두 고아가 살아갈 수 있었던 까닭은 모두가 걱정했기 때문이 아니라, 어느 한 여인의 마음에 사랑이 있어 그 아이들을 가엾게 여겼기 때문입니다.

이렇듯 모든 사람은 그들이 자신을 돌보고 앞날을 계획했기 때문에 살아갈 수 있는 것이 아니라, 사람의 마음에 사랑이 있기 때문에 살아갈 수 있는 것입니다.

저는 하나님께서 사람들에게 생명을 주시면서 그들이 잘살아가기를 바라고 계신다는 것을 알고 있었습니다. 하지만 지금은 또 다른 한 가지를 깨닫게 되었습니다.

하나님께서는 사람들이 자신만을 위하며 따로 떨어

져 사는 것을 원치 않으셨기에 자신에게 무엇이 필요한지를 아는 능력은 주지 않으셨습니다. 대신 사람들이 힘을 모아 함께 살아가기를 원하시기에 모두를 위해서는 무엇이 필요한지 가르쳐 주셨지요.

사람들은 스스로 자신에 대한 걱정으로 살아간다고 생각할지 모르지만 사실은 그렇지 않다는 것을 비로소 깨달은 것입니다. 그들은 오직 사랑의 힘으로 살아가고 있었던 거예요. 사랑으로 살아가는 사람은 하나님 안에 사는 사람입니다. 다시 말해 하나님은 그 사람 안에 계시는 것입니다. 하나님이 곧 사랑이시기 때문입니다."

천사는 하나님을 찬양하는 노래를 부르기 시작했다. 그러자 그 웅장한 소리에 시몬의 집이 흔들리고 천장이 갈라지면서 갑자기 한 줄기 불기둥이 땅에서 치솟아 하늘까지 솟구쳤다.

시몬과 아내 그리고 아이들은 모두 바닥에 납작 엎드렸다. 미하일의 어깨에는 날개가 돋아났고, 천사 미하일은 하늘로 날아 올라갔다.

시몬이 정신을 차렸을 때, 집은 전과 다름없는 모습이었고 집 안에 가족 외에 다른 사람은 아무도 없었다.

사람에게는 얼마나 많은 땅이 필요한가

1

어느 날, 도시에 사는 언니가 시골에 사는 여동생을 찾아갔다. 언니는 도시의 사업가와 결혼했고, 동생은 시골 농부에게 시집을 갔다. 언니와 동생은 차를 마시며 도란도란 이야기를 나누었다.

그러다 언니가 도시 생활이 얼마나 여유롭고 우아한지에 대해 자랑을 늘어놓기 시작했다. 언니는 도시에 있는 화려한 집에서 부유한 생활을 하며, 아이들에게는 예쁜 옷을 입히고, 매일 맛있는 음식을 풍성하게 먹으며, 마차를 타고 어디든 돌아다닌다는 둥 멋진 삶을 산다고 은근히 으스댔다.

기분이 상한 동생은 샘이 나서 도시 사람들의 몰인정한 태도와 고단한 삶을 일부러 비꼬며 농촌의 생활을 자랑하기 시작했다.

"아무리 도시가 좋다고 해도 나는 여기 농촌 생활과 언니의 삶을 바꿀 생각은 조금도 없어요. 여기 생활이 그리 넉넉하지는 못해도 마음만은 가장 편하니까요. 언니 얘기처럼 도시가 편리하고 깨끗해서 우아한 생활을 할 수 있을지는 모르지만 운이 나빠 망하기라도 한다면 빈털터리가 되는 건 시간문제 아니겠어요? 도시에 비하면 우리 농촌 생활은 안정되어 있고 정직해요. 비록 큰 부자는 되지 못하더라도 사는 데는 아무런 지장도 없거든요."

동생이 이렇게 말하자 언니가 은근히 비꼬며 대꾸했다.

"아무런 지장이 없다고? 굶지 않는 생활이라고 해도 소, 돼지와 어울려 살아야 하잖니? 아무리 땀 흘려 일해 봤자 좋은 옷 한 벌 입을 수 없을 뿐더러 근사한 파티도 열 수 없고. 농부인 네 남편이 열심히 일한다지만 그래 봐야 돼지우리 같은 곳에서 이 꼴로 살다가 죽는 거야. 네 아이들도 마찬가지고."

동생이 지지 않고 대답했다.

"그게 바로 우리가 사는 방식이에요, 언니. 우리네 생활은 자유롭고 건전해서 누구에게도 아부하거나 굽실대지 않죠. 그렇지만 언니가 사는 도시 사람들은 날마다 끊임없는 유혹 속에서 불안하게 살고 있잖아요? 오늘은 괜찮겠죠. 하지만 내일은 또 어떤 유혹에 빠질지 모를 일이에요.

이런 말까지 해서 안됐지만, 언니의 남편도 언제 어떤 악마의 유혹에 빠져 전 재산을 몽땅 날리고 처량한 신세가 될지 알 수 없어요. 그럼 다 끝장이겠죠."

동생의 남편인 농부 파홈이 난롯가에 앉아 두 자매의 이야기를 듣고 있다가 한마디 거들었다.

"그건 그래요. 우리 농부들은 어려서부터 땅을 벗 삼아 살아왔기 때문에 어리석은 유혹에는 빠질 틈이 없어요. 문제가 하나 있다면 땅이 넉넉하지 못하다는 것이죠. 원하는 만큼의 땅만 가질 수 있다면 겁날 것이 없어요. 설령 악마라고 해도 두렵지 않아요."

두 자매는 차를 마시며 예쁜 옷과 맛있는 음식에 관

한 이야기를 좀 더 나누다가 찻잔을 치우고 이내 잠자리에 들었다.

그런데 마침 화덕 뒤에 숨어 있던 악마가 그들의 이야기를 모조리 듣고 있었다. 파홈이 아내의 말에 맞장구치며 땅만 있으면 아무리 악마라고 해도 두렵지 않다고 호언장담하는 말을 들어 버린 악마는 도무지 가만히 있을 수가 없었다.

"좋아."

악마는 의미심장한 미소를 지으며 중얼거렸다.

"그럼 어디 한번 붙어 보자. 내가 너에게 땅을 넉넉히 주지. 그리고 그 땅으로 널 유혹하고 말겠다."

2

마을에는 한 여자 지주가 살고 있었다. 그녀는 마을 근처에 약 120데샤티나(1데샤티나는 약 1.092헥타르)의 땅을 소유하고 있었는데, 여태껏 소작인 농부들과 사이좋게 지냈고 별다른 갈등도 없이 평화로웠다.

그런데 이 지주가 고용한 군인 출신 관리인이 느닷없이 농부들에게 이런저런 벌금을 거두며 그들을 괴롭히기 시작했다. 파홈이 아무리 조심해도 관리인의 계략에서 벗어날 수 없었다.

파홈의 말은 지주의 귀리밭으로, 암소는 그녀의 정원으로, 송아지는 목초지로 뛰어 들어가 땅을 다 망쳐

놓곤 했다. 그리고 그 모든 것은 곧 벌금으로 이어졌다. 온갖 벌금을 낼 때마다 파홈은 화가 나서 소와 말을 채찍질하기도 했다.

여름 내내 관리인 때문에 많은 곤란을 겪은 파홈은 가축을 우리 안에 가두는 계절이 되자 무척 기뻤다. 아무런 일도 하지 않는 가축에게 먹여야 하는 사료가 좀 아까웠지만 오히려 그 편이 나았다.

겨울이 되자 지주가 땅을 내놓았다. 그런데 관리인이 그 땅을 노리고 있다는 소문이 돌기 시작했다. 이 소식을 들은 농부들은 그저 한숨만 푹푹 내쉬었다.

"이거 정말 큰일 났네. 만약 성질 고약한 그 관리인이 땅을 산다면 우리에게 더 많은 벌금을 물리면서 괴롭힐 게 뻔해. 그렇다고 우리가 땅을 떠날 수도 없는 노릇이고. 마을 농부들은 모두 이 땅으로 먹고살고 있으니 말일세."

농부들은 머리를 맞대고 의논을 하다가 무리지어 지주에게 몰려갔다. 그들은 값을 더 쳐줄 테니 관리인에게 땅을 팔지 말고 자신들에게 넘기라고 간청했다.

지주가 이를 승낙하자 농부들은 공동으로 돈을 모아

땅 전부를 사기로 하고 여러 차례 회의를 가졌으나 좀처럼 결론이 나지 않았다. 악마가 중간에서 훼방을 놓았기에 의견이 모이지 않았던 것이다.

농부들은 결국 각자 수준에 맞게 적당히 땅을 나누어 사들이기로 했다. 지주도 이에 동의했다.

파홈의 이웃집 농부가 지주에게서 땅 20데샤티나를 샀다는 소문이 돌았다. 게다가 땅값은 절반만 지급했고, 나머지 절반은 일 년간 나누어 갚기로 했다는 것이다.

파홈은 마음이 조급해졌다.

"다른 농부들이 땅을 모조리 사 버리면 나는 아무것도 차지할 수 없어!"

그는 아내에게 말했다.

"다른 사람들이 땅을 다 사들이기 전에 우리도 20데샤티나 정도 사 둬야 해! 그렇지 않으면 여기서 더는 살 수 없게 될지도 몰라. 그 관리인이라는 작자가 엄청난 벌금을 물려서 몽땅 빼앗아 갈 게 틀림없어."

두 사람은 어떻게 해야 땅을 살 수 있을지 궁리하기 시작했다.

그들은 저축해 둔 100루블에 망아지 한 마리와 꿀벌 절반을 판 돈을 보탰다. 아들은 다른 집에서 일을 시켰고 모자란 돈은 처남에게서 빌려 간신히 필요한 돈의 절반 정도를 마련했다.

돈이 모이자 파홈은 숲이 우거진 15데샤티나의 땅을 골라 놓고 지주를 찾아갔다. 지주와 땅값을 흥정하여 싼값에 계약한 뒤, 현금으로 절반을 지급하고 나머지는 이 년 안에 갚기로 했다.

이렇게 파홈은 땅 주인이 되었다. 그는 새로 산 땅에 씨앗을 심었고, 그해 농사는 풍년이었다. 파홈은 일 년간 농사를 지어 번 돈으로 남은 땅값과 빌린 돈을 전부 갚을 수 있었다.

드디어 파홈은 진짜 지주가 되었다. 자신의 땅을 갈아서 씨를 뿌리고, 자신의 목장에서 풀을 베고, 자신의 숲에서 장작을 얻고, 자신의 땅에서 가축을 기를 수 있게 되었다.

파홈은 말을 타고 자신이 영원히 소유할 수 있게 된 땅을 돌아볼 때마다 여간 기쁘지 않았다. 자신의 땅에서 자라는 풀이나 꽃은 다른 것보다 훨씬 좋아 보였다.

전과 다를 것은 하나도 없었지만 파홈에게는 아주 특별한 땅이 된 것이다.

3

파홈은 날마다 기쁘고 만족스러운 하루를 보냈다. 모든 것이 마음먹은 대로 되는 듯했다. 하지만 문제가 하나 있었다. 다른 농부들이 기르는 가축이 자신의 땅으로 들어와 잔디와 작물을 짓밟는 것이었다.

그는 점잖게 이웃에게 가축을 잘 관리해 달라고 몇 번이나 부탁했지만, 그다지 큰 효과는 없었다. 날마다 이웃의 소가 파홈의 목초지로 들어오는 일이 빈번하게 일어났고, 말도 파홈의 옥수수밭을 침범했다. 그럴 때마다 파홈은 가축들을 거칠게 내쫓기는 했지만, 법의 힘까지 빌린 적은 없었다. 하지만 이런 일이 계속해서 일어나자 파홈은 도저히 참지 못하고 재판소에 이웃을 고발하기에 이르렀다. 그러나 가축이 남의 땅을 넘어오는 것은 마을의 땅이 워낙 좁기 때문이었다. 타인의 땅을 침범하지 않고는 가축을 키울 도리가 없었던 것이다.

파홈 역시 사정을 모르는 것은 아니었으나, 때때로 이런 생각이 들었다.

'한 번쯤 혼쭐을 내야 불미스러운 일이 생기지 않을 거야. 그냥 넘어갔다가는 소 떼들이 먹는 풀을 몽땅 우리 목초지에서 먹일지도 몰라.'

파홈의 고발 때문에 많은 농부에게 벌금형이 내려졌다. 벌금을 물게 되자 이웃 농부들은 파홈에게 앙심을 품고 고의로 땅을 망치기 시작했다. 한 농부는 어느 날 밤에 몰래 숲에 들어가 보리수나무를 잔뜩 베어 버렸다.

다음 날 아침, 숲을 지나던 파홈은 무언가 희끗희끗한 것을 발견했다. 가까이 가 보니 껍질이 벗겨진 보리수나무가 참혹하게 흩어져 있는 것이 아닌가! 잘린 나무는 밑동만 남아 있었다.

파홈은 화가 치밀어 올라 버럭 소리를 질렀다.

"도대체 어느 놈이야? 누가 이런 짓을 했는지 가만 두지 않겠어!"

파홈은 범인을 찾고자 골똘히 생각에 잠겼다.

"누가 그랬을까? 아마 셈카의 짓일 거야!"

그는 셈카라는 농부를 범인으로 생각하고 몰래 그의 집을 살폈으나 아무런 증거도 찾지 못하고 말다툼만 하다가 돌아왔다. 하지만 셈카에 대한 의심은 사그라지지 않았고, 마침내 셈카가 범인이라고 확신한 파홈은 그를 고소했다.

결국 두 사람은 재판소로 불려 갔다. 수차례에 걸쳐 긴 싸움을 했지만, 증거가 충분하지 않다는 이유로 셈카는 풀려났다. 자신의 뜻대로 되지 않자 파홈은 재판장과 마을 사람들에게까지 행패를 부렸다.

"당신들은 모두 도둑놈의 편이군! 당신들이 정직했다면 도둑놈을 어처구니없이 풀어 주는 일은 없었을 거요!"

파홈은 종종 마을 사람들과 다툼을 벌였고, 급기야는 농부들이 파홈의 땅에 불을 지르겠다고 협박하기에 이르렀다. 파홈은 많은 땅을 소유했지만 마을에서 가장 외로운 사람으로 살게 되었다.

그러던 어느 날, 농부들이 새로운 땅을 찾아 떠난다는 소식이 들려왔다.

파홈은 생각했다.

'내 땅을 두고 다른 곳으로 가다니, 말도 안 되는 일이야. 난 여기 남겠어. 모두가 떠난다면 이곳은 훨씬 더 넓어지겠지! 빈 땅을 사들여 이 일대를 내 것으로 만들면 살림도 나아질 거야. 그렇지 않아도 숨이 막힐 지경이었는데 잘됐군!'

그러던 어느 날 마을을 지나던 한 여행자가 파홈을 찾아왔다. 파홈은 여행자를 하룻밤 묵게 해 주고 음식을 대접한 후 세상 돌아가는 이야기를 나누었다.

파홈이 여행자에게 어디서 왔는지 묻자, 그는 볼가 강 건너편에서 왔으며 여기저기를 떠돌며 일을 하고 있다고 대답했다. 여행자는 자신이 일하던 곳으로 많은 농부가 이주해 오고 있다는 소식도 전해 주었다. 이주한 농부들이 조합에 가입하면 한 사람당 10데샤티나의 땅을 분배받을 수 있기에 많은 이가 정착하고 있다는 것이다.

"땅이 얼마나 비옥한지 호밀을 심으면 소나 말의 등을 가릴 정도로 높이 자라고, 다섯 줌만 쥐어도 한 다발이 될 정도로 밀알이 풍성합니다. 어떤 농부들은 빈손으로 왔는데 지금은 말 열여섯 마리와 소 두 마리를 가지게 되었지요."

이 말을 들은 파홈은 가슴이 마구 뛰었다.

'정말로 그렇게 살기 좋은 땅이 있다면 굳이 이 좁은 땅에서 서로 다투며 어렵게 살 필요가 없지. 당장 집이든 땅이든 팔아서 그곳으로 가서 새롭게 시작하는 거야. 이런 비좁은 마을에 살다가는 인심만 나빠지고 죄만 짓게 된단 말이야. 먼저 내 눈으로 직접 확인한 뒤에 이사하는 게 좋겠어.'

파홈은 내내 집과 땅을 팔 궁리만 했다. 마침내 계절이 바뀌고 여름이 되자, 파홈은 채비를 갖추고 여행자가 말했던 그곳을 향해 출발했다. 볼가 강에서 배를 타고 내려가 사마라까지 간 뒤, 그곳에서 다시 400베르스타(1베르스타는 약 1.067km)를 걸어야 했다.

마침내 파홈은 목적지에 도착했다. 모든 것이 여행

자가 말한 그대로였다. 농부들은 모두 10데샤티나의 땅을 받아 풍족하고 여유로운 생활을 하고 있었고, 누구든 쉽게 조합에 가입할 수 있었다. 그뿐이 아니었다. 분배받은 땅 외에도 3루블만 있으면 좋은 땅을 얼마든지 살 수 있었다.

모든 것을 꼼꼼하게 살핀 파홈은 고향으로 돌아왔고, 가을이 되면서 모든 재산을 정리하기 시작했다. 땅을 팔았더니 제법 많은 돈이 생겼다. 집도 가축도 좋은 가격에 몽땅 팔았다. 마을 조합에서 탈퇴한 파홈은 봄이 오기를 기다렸다가 가족과 함께 새로운 땅으로 떠났다.

4

새로운 마을에 도착한 파홈은 조합에 가입하기로 했다. 파홈은 필요한 서류를 갖추고 마을 어른들을 초대해 잔치를 베풀며 환심을 샀다. 얼마 지나지 않아 파홈은 마을의 조합원이 되었고 다섯 명의 가족에 대한 50데샤티나의 땅과 목초지를 받았다. 파홈은 그곳에 정착하여 집을 짓고 가축도 기르기 시작했다.

새로운 땅은 이전의 세 배나 되었고, 토지는 훨씬 비옥했다. 살림은 열 배나 나아졌으며 농사를 지을 수 있는 땅과 가축을 키울 수 있는 목초지도 넉넉했다. 파홈은 매우 만족했다.

처음 마을에 정착했을 무렵에는 모든 것이 좋았다. 하지만 생활이 안정되고 살림이 늘어나자 파홈은 차츰 욕심이 생겼다. 이곳 역시 좁다는 생각이 들기 시작했다.

첫해 파종한 밀은 풍년이었다. 파홈은 더 많은 밀을 경작하고 싶었지만 땅이 턱없이 부족했다. 다른 땅은 밀을 심기에 적합하지 않았고, 밀을 심을 수 있는 휴경지를 원하는 사람은 너무 많았기 때문에 모두에게 돌아갈 수가 없었다.

결국 새로운 마을에서도 더 많은 땅을 갖기 위한 경쟁이 벌어졌다. 돈이 있는 사람들은 휴경지를 사서 농사를 지었지만 가난한 사람들은 땅을 빌려 농사를 지어야 했다.

이듬해, 파홈은 더 많은 밀을 심고 싶어 어느 상인에게 돈을 주고 일 년간 땅을 빌리기로 했다. 그는 더 많은 땅에 더 많은 씨를 뿌렸다. 이번에도 풍년이었다.

그러나 새로 씨를 뿌린 땅은 마을에서 15베르스타나 떨어져 있어 농작물을 운반하기가 무척 어려웠다. 땅 주변에 사는 부유한 사람들은 좋은 집과 넓은 농장을 가지고 있었다.

'나도 저 사람들처럼 넓은 땅을 사들이면 좋은 집도 지을 수 있을 텐데. 그러면 형편도 훨씬 좋아질 거야.'

파홈은 무슨 수를 써서라도 땅을 자기 것으로 삼아야겠다고 결심했다.

그렇게 삼 년이라는 세월이 흘렀다. 파홈은 해마다 많은 땅을 빌려 농사를 지었으며, 그때마다 농사는 대풍이었다. 그 덕에 돈도 제법 모아 파홈과 그의 가족은 남부럽지 않은 삶을 살았다.

그러나 파홈은 해마다 쩔쩔매며 남에게 땅을 빌려야 하는 것이 지겨웠다. 좋은 땅이 나오면 너도나도 몰려들어 차지하기 일쑤였고, 제대로 된 땅을 빌리지 못하면 한 해 농사를 몽땅 망치는 셈이었다.

그러던 중 파홈은 어느 상인과 절반씩 돈을 내고 마을 사람에게 함께 땅을 빌리게 되었다. 그런데 실컷 밭을 갈아 놓았더니 사람들끼리 다툼이 생기는 바람에 모든 노동이 허사가 되고 말았다.

'만일 이 땅이 내 소유였다면 누구에게도 머리 숙이지 않고 이런 귀찮은 일은 없었을 텐데…….'

그래서 파홈은 완전히 사들일 수 있는 좋은 땅을 물색하기 시작했다.

그러던 어느 날 파홈은 한 농부를 만났다. 500데샤티나의 땅을 가지고 있던 그 농부는 파산하는 바람에 매우 싼값에 땅을 내놓은 상태였다.

파홈은 그 농부와 여러 차례 흥정했고 마침내 1,500루블에 땅을 사기로 했다. 절반은 현금으로 주고 나머지 반은 천천히 갚는 조건이었다.

흥정을 마무리할 무렵, 파홈은 떠돌이 상인 한 사람을 만났다. 파홈은 그와 함께 차를 마시게 되었고, 이런저런 이야기를 나누었다.

떠돌이 상인은 이곳에서 멀리 떨어진 바시키르에서 오는 길이었다. 그는 바시키르에서 500데샤티나의 땅을 샀는데 고작 1,000루블밖에 들지 않았다는 이야기를 들려주었다.

터무니없이 싼 가격에 깜짝 놀란 파홈이 자세히 묻자 그는 친절하게 대답했다.

"그저 노인들의 비위만 잘 맞추면 되더군요. 100루블어치의 옷과 양탄자를 선물하고, 술이나 차도 좀 나누어 주었습니다. 그랬더니 그들은 1데샤티나에 20코페이카라는 헐값에 땅을 넘기더군요."

상인은 소유권이 표시된 땅문서를 파홈에게 보여 주며 말을 이었다.

"하천을 끼고 있어서 무성하게 자란 풀이 넓은 들판을 이루고 있는 아주 좋은 땅이랍니다."

흥미가 생긴 파홈은 꼬치꼬치 물으며 더 자세히 설명해 달라고 부탁했다.

"얼마나 광활한지 일 년이 걸려도 다 돌아볼 수 없을 정도예요. 그 땅은 모두 바시키르 원주민의 소유인데, 그들은 순하고 어리석어서 땅을 거의 공짜로 받을 수 있답니다."

파홈은 속으로 생각했다.

'하마터면 500데샤티나밖에 되지 않는 땅에 1,500루블을 날릴 뻔했군. 게다가 빚까지 얻으면서. 바시키르로 가면 1,000루블만으로도 엄청나게 많은 땅을 살 수 있는데 말이야!'

5

파홈은 바시키르로 가는 길을 자세히 묻고 상인과 작별했다. 그러고는 바로 떠날 준비를 했다. 아내에게 살림을 모두 맡긴 파홈은 하인 한 사람과 함께 길을 나섰다.

파홈은 여행 도중에 작은 도시에 들러 상인이 말했던 차와 술, 그 밖의 여러 가지 선물을 사서 모든 준비를 끝냈다. 파홈과 하인은 꼬박 일주일을 밤낮으로 걷기만 했고, 500베르스타쯤 지나자 바시키르에 도착할 수 있었다.

모든 것은 상인이 말한 그대로였다. 원주민들은 초

원이 끝없이 펼쳐진 강가에서 양털로 만든 천막을 치고 살았다. 그들은 농사를 짓지도 않았고, 빵을 구워 먹지도 않았다.

넓은 초원에는 소와 말이 떼 지어 풀을 뜯었다. 여인들은 말에서 짠 젖을 발효시켜 술과 치즈를 만들었다. 남자들은 술과 차를 곁들인 양고기를 먹고, 갈대 피리를 불며 한가롭게 생활하고 있었다.

그들은 모두 건강하고 쾌활했으며 날마다 잔치를 벌였다. 마을 사람 모두 얼굴이 검게 그을려 있었고 러시아 말도 전혀 할 줄 몰랐지만 너그럽고 아주 친절했다.

파홈 일행을 발견한 바시키르 원주민들은 천막에서 우르르 몰려나와 그들을 에워쌌다. 파홈은 그들 중에 러시아 말을 할 줄 아는 사람을 찾아 땅을 사러 왔다고 말했다. 이 말을 전해 들은 원주민들은 매우 기뻐하며 파홈 일행을 가장 훌륭한 천막으로 안내했다. 그들은 파홈에게 방석을 내주고, 차와 술을 따랐다. 양고기로 만든 음식도 대접했다.

성대한 환영을 받은 파홈이 준비해 온 선물을 사람들에게 나누어 주자 원주민들은 몹시 기뻐했다. 그들은 한데 모여 무언가를 소곤소곤 의논하더니 통역하는 사람을 통해 이렇게 말했다.

"우리는 당신이 마음에 듭니다. 우리의 전통에 따라 손님을 기쁘게 해 주고 싶은데, 우리가 가진 것 중에 원하는 것이 있다면 말씀해 보십시오. 후한 선물에 대한 보답으로 무엇이든지 드리겠습니다."

파홈이 대답했다.

"아, 그러시다니 정말 고맙습니다. 제가 가지고 싶은 것은 여러분의 땅입니다. 제가 사는 곳은 땅이 부족하고 황폐하기까지 하거든요. 그러나 이곳은 땅이 무척 넓은 데다가 아주 비옥합니다. 저는 태어나서 이처럼 아름답고 좋은 땅은 처음 봅니다."

통역을 맡은 사람이 파홈의 말을 전하자 원주민들은 다시 의논했다. 뭐라고 하는지는 알아들을 수 없었지만 친절한 미소를 지으며 이야기하고 있었다. 잠시 후 그들은 이렇게 전했다.

"당신이 베푼 친절에 보답하기 위해 당신이 원하는 만큼 기꺼이 땅을 드리겠습니다. 어느 땅이든 손짓만 하시면 당신의 것이 됩니다."

그런데 갑자기 무리 사이에서 말다툼이 벌어졌다. 무슨 일이냐고 묻자 통역이 대답했다.

"땅에 관한 문제는 촌장님께 말씀드린 뒤에 결정해야 한다는 사람과, 그렇게 하지 않아도 괜찮다는 사람이 있어 싸움이 났습니다."

6

사람들이 한창 다투고 있는데 갑자기 여우 털 모자를 쓴 건장한 남자가 천막 안으로 들어왔다. 순간 모두가 입을 다물고 자리에서 일어났다. 통역하는 사람이 말했다.

"바로 이분이 촌장님이십니다."

파홈은 준비해 온 것 중에 제일 비싼 옷과 차를 가져와 촌장에게 선물했다. 파홈의 선물을 건네받은 촌장은 가장 높은 자리에 가서 앉았다. 그러자 원주민들이 촌장과 이야기하기 시작했다. 촌장은 그들의 말을 가만히 듣다가 고개를 끄덕였다. 원주민들은 다시 조용해졌고, 촌장은 파홈에게 러시아 말로 말했다.

"좋습니다. 아무 곳이나 당신이 원하는 만큼 가져가십시오. 땅은 얼마든지 있으니까요."

이 말을 들은 파홈은 기뻐 어쩔 줄을 몰랐다.

'세상에, 원하는 대로 땅을 가질 수 있다니! 당장 계약해야겠다. 그렇지 않으면 준다고 했다가 다시 빼앗아 갈지도 몰라.'

파홈은 촌장에게 말했다.

"친절을 베풀어 주셔서 정말 감사합니다. 하지만 저는 그리 많은 땅을 원하지 않습니다. 다만 정확히 측량해서 얼마큼이 제 땅이라는 증명만 확실히 해 주시면 됩니다. 사람이란 언제 세상을 떠날지 모르는 일이니까요. 여러분은 친절을 베푸셨지만, 세월이 흘러 여러분의 후손들이 그 땅을 빼앗아 갈 수도 있지 않습니까?"

촌장이 대답했다.

"당신 말이 옳습니다. 땅의 경계를 확실하게 정해 드리겠습니다."

파홈은 다시 말했다.

"제가 듣기로는 어느 상인이 여기서 땅을 사고 땅문

서를 받았다던데, 저에게도 문서를 작성해 주셨으면 합니다."

촌장이 말했다.

"얼마든지요. 그리 어려운 문제는 아닙니다. 우리에게 서기가 있으니 읍으로 가서 서류를 작성해 드리겠습니다."

"땅값은 얼마입니까?"

파홈이 먼저 돈 얘기를 꺼냈다.

"우리 마을에 가격은 하나밖에 없습니다. 하루에 1,000루블이지요."

파홈은 무슨 말인지 알 수 없었다.

"하루라니, 대체 몇 데샤티나라는 뜻인가요?"

"우리는 숫자에 서툰 사람들이라 계산을 할 줄 모릅니다. 그저 하루 단위로 땅을 팔지요. 해가 떠 있는 동안 직접 걸어갔다가 돌아온 만큼의 땅이 1,000루블입니다."

놀란 파홈이 말했다.

"세상에! 온종일이라니 엄청난 땅이겠군요."

촌장이 웃으며 대답했다.

"네, 그 전부가 당신의 것이 됩니다. 그런데 조건이 하나 있습니다. 해가 지기 전에 출발점으로 돌아오지 못하면 당신이 지급한 돈은 돌려받지 못하실 겁니다. 이 사실을 기억하십시오."

"네, 명심하겠습니다. 그런데 제가 다녀간 땅이라는 걸 어떻게 증명할 수 있나요?"

"당신이 지정한 장소에서 우리가 기다리고 있겠습니다. 당신은 거기서 출발해 한 바퀴 돌아오면 됩니다. 괭이를 가지고 가서 원하는 곳에 구덩이를 파고 잔디를 심으면 그것이 표식입니다. 나중에 우리가 표식을 연결한 만큼의 땅을 모두 드리겠습니다. 어떤 식으로 돌아다녀도 좋지만, 해가 지기 전에는 반드시 돌아와야 합니다. 그러면 그 땅은 전부 당신의 것이 됩니다."

파홈은 뛸 듯이 기뻤다. 다음 날 아침 일찍 출발하기로 한 파홈은 촌장과 많은 이야기를 나누었다. 그들은 날이 저물 때까지 우유로 만든 술과 차, 양고기를 먹으며 즐겁게 시간을 보냈다.

어느덧 밤이 깊었고, 사람들은 파홈에게 푹신한 이불로 잠자리를 마련해 준 뒤 각자의 천막으로 돌아갔다.

7

따뜻하고 푹신한 이불에 누웠는데도 파홈은 좀처럼 잠을 이루지 못했다. 자신이 내일 갖게 될 땅 생각이 머리에서 사라지지 않았기 때문이었다.

"최대한 넓은 땅을 차지하고 말겠어. 요즘은 해가 기니까 온종일 걸으면 50베르스타는 돌 수 있을 거야. 그 정도면 꽤 넓은 땅이지. 그중 변변치 않은 곳은 팔든지 빌려 주든지 하고, 좋은 곳만 골라 농사를 지어야지. 소 두 마리와 쟁기를 사고 하인도 고용해서 50데샤티나 정도는 경작하고, 나머지는 목장으로 써야겠어."

파홈은 뜬눈으로 밤을 새우다 새벽녘에야 간신히 잠

이 들었다.

시간이 얼마나 흘렀을까, 파홈은 잠결에 천막 밖에서 나는 웃음소리를 듣고 자리에서 일어났다. 밖을 내다보니 촌장이 배를 움켜잡고 큰 소리로 웃고 있는 것이 아닌가. 파홈은 촌장에게 물었다.

"무엇이 그렇게 우스운 겁니까?"

그런데 가까이 다가가 살펴보니 그는 촌장이 아니라, 자신에게 이 마을을 소개해 준 떠돌이 상인이었다. 파홈이 다시 물었다.

"언제 여기까지 오셨습니까?"

그러나 이번에는 그 상인이 다시 예전에 만났던 여행자로 변해 있었고, 잠시 후에는 사나운 뿔과 발톱을 지닌 무시무시한 악마가 되어 있었다.

악마는 배를 잡고 웃고 있었는데, 그 앞에는 어느 사나이가 맨발로 쓰러져 있었다. 파홈은 그가 누구인지 자세히 들여다보았는데, 이미 숨이 끊어진 그 사람은 놀랍게도 파홈 자신이었다!

겁에 질린 파홈은 깜짝 놀라 눈을 번쩍 떴다.

"휴, 꿈이었군. 어쩐지 불길한데……."

혼잣말을 중얼거린 파홈이 문틈으로 밖을 내다보니 천천히 어둠이 걷히고 있었다.

"어서 사람들을 깨워야겠어. 이제 출발할 시간이야."

파홈은 자리에서 일어나서 자는 하인을 깨워 출발 준비를 하도록 하고 바시키르 원주민들도 깨웠다.

"모두 일어나세요! 땅을 정할 시간입니다."

잠에서 깬 원주민들이 모두 모였고, 잠시 후에 촌장도 도착했다.

바시키르 사람들은 우유와 술을 마시며 파홈에게도 차를 대접했다. 그러나 파홈은 조금도 지체하고 싶지 않았다.

"자, 어서 떠납시다. 시간이 다 됐습니다."

8

준비를 마친 바시키르 원주민들은 말과 마차를 타고 출발했다. 파홈은 괭이를 가지고 하인과 함께 자신의 마차에 올랐다. 초원에 도착하니 날이 밝아 오고 있었다.

파홈이 시칸이라는 언덕에 이르자 모두 한자리에 모여 있었다. 촌장이 손으로 들판을 가리키며 파홈에게 말했다.

"지금 보이는 모든 땅은 다 우리의 땅입니다. 그러니 마음대로 선택하십시오."

파홈은 눈을 반짝였다. 눈앞에 펼쳐진 넓은 초원의 검은 흙은 무척 비옥해 보였고 손바닥처럼 평평했다.

저지대에는 잡초가 우거져 있었다.

촌장은 여우 털로 만든 모자를 벗어 땅에 내려놓으며 말했다.

"여기가 출발점입니다. 이곳에서 출발해서 이곳으로 돌아오시면 됩니다. 당신이 돌고 온 곳은 모두 당신 땅입니다."

파홈은 돈을 꺼내서 촌장의 모자 위에 올려놓은 뒤 겉옷을 벗고 허리끈을 단단히 묶었다. 목에는 빵이 든 주머니를 걸었고, 허리에는 작은 물병을 찼다. 신발 끈을 다시 묶은 파홈은 마지막으로 하인에게서 괭이를 건네받았다.

준비를 모두 마친 파홈은 어느 곳으로 갈지 곰곰이 생각했다. 모두 다 좋은 땅 같았다.

'어디로 가든 좋을 거야. 그러니 해가 뜨는 방향으로 출발해야겠다.'

파홈은 초조하게 해가 솟아오르기만을 기다렸다.

'절대로 시간을 낭비해서는 안 돼. 조금이라도 서늘한 아침 시간에 많이 걷는 게 좋겠어.'

마침내 동쪽 지평선 위로 해가 모습을 드러냈고, 파

홈은 괭이를 어깨에 멘 채 언덕을 내려가기 시작했다. 지나치게 빠르지도 지나치게 느리지도 않은 속도였다.

1베르스타쯤 가서 파홈은 첫 번째 구덩이를 파고 잔디를 심었다. 그의 걸음이 조금씩 빨라지기 시작했다.

한참을 걷다가 파홈은 뒤를 돌아보았다. 파홈이 출발한 시칸 언덕이 선명하게 보였다. 몇몇 사람들이 서 있는 모습도 보였고 마차의 쇠바퀴는 빛을 받아 번쩍였다.

파홈은 이제 대략 5베르스타쯤 걸었을 거라고 생각했다. 날이 점점 더워지자 파홈은 웃옷을 벗어 어깨에 걸치고 다시 앞으로 나아갔다. 태양은 더욱 뜨겁게 내리쬐었다. 해를 보니 벌써 아침 식사 시간쯤 된 것 같았다.

"네 개의 구덩이를 파면 하루가 되겠군. 여기서 방향을 돌리기엔 아직 이르지. 신발이나 좀 벗어야겠다."

이제 그는 신발까지 벗어 허리에 찬 뒤 다시 걷기 시작했다.

"훨씬 편하군. 앞으로 5베르스타만 더 걷다가 왼쪽으로 돌아가야지. 땅이 매우 좋아서 버리고 가기는 좀 아쉬운걸. 앞으로 가면 갈수록 땅이 더 좋아지는 것 같아."

그는 계속해서 앞으로 나아갔다. 뒤를 돌아보자 출발점인 언덕이 흐릿하게 보였고 촌장을 비롯한 바시키르 사람들은 개미나 까만 점같이 보였다. 무언가 희미하게 반짝이는 것도 같았다.

"충분해, 이쯤에서 방향을 돌려야겠군. 휴, 갈증이 나니 물을 좀 마셔야겠다."

파홈은 아까보다 더 큰 구덩이를 파고 잔디를 심은 뒤, 물통을 꺼내서 물을 마셨다. 그러고는 왼쪽으로 방향을 틀었다.

시간이 지날수록 풀은 점점 무성해졌고 날씨는 점점 더워졌다. 파홈은 몹시 기운이 빠지고 피곤했다. 태양은 이미 머리 위에 높이 떠올랐다. 점심시간이었다.

"잠깐 쉬어야겠다."

파홈은 풀밭 위에 주저앉아 쉬면서 물과 빵을 먹었다. 잠시 누워서 쉬고 싶었지만 파홈은 그러지 않았다. 누우면 금방이라도 곯아떨어질 것 같아서였다.

파홈은 다시 열심히 걷기 시작했다. 물과 빵을 먹으니 힘이 났고, 걷기가 훨씬 수월했다. 그러나 따가운 햇

볕을 받자 자꾸 잠이 오기 시작했다. 하지만 걸음을 멈출 수는 없었다. 그는 몇 시간만 참으면 평생 행복하게 살 수 있을 만큼의 땅이 생긴다는 생각으로 걷고 또 걸었다.

계속 걷던 파홈은 다시 구덩이 하나를 파고 잔디를 심었다. 이제 됐다 싶어 왼쪽으로 꺾어 돌아가려고 생각할 때면 근처에는 촉촉하게 젖은 옥토가 보이고는 했다. 버리고 돌아가기에는 매우 아까운 땅이라는 생각에 결국 파홈은 그곳까지 가서 구덩이를 판 뒤에 다시 방향을 틀었다.

파홈은 고개를 들어 언덕을 바라보았지만, 아지랑이가 아른거려 아무것도 보이지 않았다.

"아주 멀리 왔나 보다. 이번에는 조금만 걷다가 구덩이를 파야겠어."

파홈은 걸음을 재촉했다. 하지만 거리를 쉽게 줄이지는 못했다. 하늘을 바라보니 어느덧 해가 서쪽으로 뉘엿뉘엿 기울고 있었다. 파홈은 2베르스타만큼 더 걸었다. 출발점까지는 15베르스타만큼이 남아 있었다. 파홈은 그제야 마음이 조급해졌다.

"내가 너무 많은 욕심을 부렸군. 똑바른 모양은 아니지만 땅은 이만하면 충분하니 서둘러 돌아가야지."

파홈은 허겁지겁 구덩이를 파서 마지막 잔디를 심은 뒤 곧장 시칸 언덕으로 향했다.

9

파홈은 언덕을 향해 똑바로 걸어 나갔다. 그는 이미 지칠 대로 지쳐 있었다. 온몸은 땀으로 젖었고, 맨발은 상처투성이였으며, 다리에 힘이 빠져 제대로 걸을 수도 없었다. 당장이라도 쉬고 싶었지만 도무지 그럴 수가 없었다. 잠깐이라도 쉬다가는 해가 지기 전에 출발점에 도달할 수 없을 것만 같아 덜컥 겁이 났다. 태양은 무심하게도 자꾸 서쪽으로 기울고 있었다.

"이거 야단났네. 시간 안에 못 가면 어쩌지?"

파홈은 떨어지지 않는 발걸음을 힘겹게 옮겼다. 출발 지점까지는 아직 멀었는데 해는 벌써 지평선 가까이에 있었다. 파홈은 급한 마음에 겉옷과 물병 등 거추장스러운 것은 모두 벗어 던지고 괭이만 들고 뛰기 시작했다.

"아! 너무 욕심을 부렸어. 본전마저 잃게 생겼군. 이젠 다 틀렸어……. 아무리 뛰어도 해 지기 전에 도착하기는 어려울 거야."

그러면서도 그는 계속해서 뛰었다. 셔츠와 바지는 땀으로 흠뻑 젖었고 가쁜 숨을 몰아쉬느라 입은 다물어지지도 않았다. 숨이 막혀 왔다. 심장이 터져 버릴 것만 같았다.

"이러다가 죽는 건 아닐까?"

파홈은 괴롭고 두려웠으나 결코 쉬고 싶지 않았고, 쉴 수도 없었다.

"여기까지 와 놓고 이대로 포기할 수는 없어. 사람들이 얼마나 손가락질을 해 댈까!"

파홈은 정신없이 뛰고 또 뛰었다. 그런데 이때 갑자기 사람들의 함성이 들려오기 시작했다. 파홈은 드디어 출발 지점에 가까이 온 것이다. 원주민들이 언덕 위에서 파홈을 응원하고 있었다. 그 소리를 듣자 심장이 더욱 격렬하게 뛰었다. 파홈은 마지막 힘을 모아 달리기 시작했다.

태양은 이미 지평선에 닿아 있었다. 출발 지점도 파홈의 눈앞에 있었다. 언덕 위에서 함성을 지르는 사람들의 모습이 똑똑히 보였다. 땅 위에 놓인 촌장의 모자도 보였고, 그 옆에서 배를 잡고 웃고 있는 촌장의 모습도 보였다. 그러자 파홈은 문득, 오늘 새벽녘의 불길했던 꿈을 떠올렸다.

"땅은 내가 원하는 만큼 많아졌지만, 하나님이 나를 그 땅에 살게 하실지는 알 수가 없어. 아, 내가 다 망쳤어! 이제 다 틀렸어. 욕심을 부리는 게 아니었는데……."

해는 이미 지평선에 닿아 자취를 감추고 있었다. 파홈은 넘어질 듯 앞으로 발을 내디뎠다. 그러나 태양은 더는 보이지 않았고 하늘은 어두워졌다. 해가 이미 지평선 아래로 가라앉은 것이다.

"아, 죽을 고생을 했지만 모든 것이 허사가 되었구나!"

그가 단념하고 멈춰 서려는 순간, 바시키르 사람들의 함성이 언덕 위에서 들려왔다. 불현듯 파홈의 머릿

속에 희망이 스쳤다.

'맞아, 나는 지금 언덕 아래에 있기 때문에 해가 진 것처럼 보이지만 언덕 위에 가면 해가 아직 지평선 위에 떠 있을지도 몰라!'

파홈은 힘을 내서 언덕 위로 뛰어올랐다. 생각했던 대로 언덕 위에는 아직 미세한 빛이 남아 있었다. 여우털로 만든 모자가 바로 그의 코앞에 있었다. 촌장은 불길하게 큰 소리로 웃고 있었다.

파홈은 꿈을 떠올리며 외마디 비명과 함께 앞으로 고꾸라졌다. 그 순간, 마침내 촌장의 털모자에 파홈의 손이 가서 닿았다.

"참으로 훌륭합니다!"

촌장이 소리쳤다.

"정말 좋은 땅을 차지했습니다!"

파홈의 하인이 얼른 달려와 주인을 일으키려 했다. 그러나 파홈의 입가에 피가 흐르고 있었다. 이미 세상을 떠난 것이다.

바시키르 사람들은 혀를 끌끌 차며 몹시 안타까워했다. 파홈의 하인은 주인의 괭이로 땅을 파고 그를 묻었다. 파홈이 차지한 땅은 그의 머리끝부터 발끝까지의 길이, 고작 3아르신(1아르신은 71.12센티미터)이었다. 그것이 그가 차지할 수 있었던 땅의 전부였다.

세 가지 질문

어느 날, 한 왕이 이런 생각을 했다.

'만일 언제 무슨 일이 일어날 지 알 수 있다면……, 내게 필요한 사람이 누구인지, 그리고 어떤 사람과 무슨 일을 하지 않아야 하는지, 나에게 가장 중요한 일은 무엇인지 항상 알 수 있다면 얼마나 좋을까.'

왕은 또다시 생각에 잠겼다.

'이런 일들을 미리 알 수 있다면 무슨 일을 해도 실패하지 않을 텐데…….'

이렇게 생각한 왕은 무슨 일을 할 때 가장 좋은 때가 언제인지, 왕에게 가장 필요한 사람은 누구인지, 해야 할 가장 중요한 일은 무엇인지 그 방법을 알려 주는 자에게 큰 상을 내리겠다고 온 나라에 선포했다.

저명한 학자들은 왕을 찾아가서 세 가지 질문에 대한 여러 가지 대답을 전했다.

첫 번째 물음에 대해 한 학자가 이렇게 대답했다.

"모든 일을 하는 데 가장 좋은 때를 알려면 미리 계획을 세워서 일, 월, 년 단위로 시간표를 짜야 합니다. 그러고 나서 철저히 지켜야 하지요. 그렇게 해야만 모든 일을 일정에 맞게 제때 완성할 수 있습니다."

그러자 다른 학자가 말했다.

"가장 좋은 때를 미리 결정하는 것은 사실상 불가능합니다. 시간표에 맞게 일이 일어나는 일도 거의 없지요. 그러니 왕께서는 쓸데없는 일에 마음을 쓰지 마세요. 세상이 어떻게 돌아가는지 항상 주의를 기울이시고 그때그때 가장 필요한 일을 하시면 됩니다."

또 다른 학자들은 말했다.

"왕께서 아무리 주변 상황의 변화에 주의를 기울여도 어떤 일을 언제 해야 하는지 적당한 때를 바르게 판단하는 것은 불가능합니다. 행동을 취해야 할 적당한 시기를 결정하는 것을 도와줄 현자들로 구성된 자문회를 만들어야 옳을 것입니다. 현명한 사람들의 조언을 얻어 그를 좇아 언제 무슨 일을 할 것인지 결정해야 합니다."

일부 학자들은 다른 주장을 내세웠다.

"행동을 취해야 하는지 말아야 하는지 자문회의 의견을 구할 겨를 없이 당장 결정해야 하는 사안도 있습니다. 행동 여부를 결정하려면 앞으로 일어날 일을 미리 알아야 하는데, 그것을 아는 이는 점쟁이밖에 없지 않겠습니까. 그러니 어떤 행동을 취해야 할 알맞은 때를 알려면 점쟁이에게 물어보아야 합니다."

두 번째 물음에 대해서도 다양한 대답이 나왔다. 물음은 "어떤 사람들이 꼭 필요한가?"였다.

"왕에게 가장 필요한 사람은 고문관입니다."

"왕에게 가장 필요한 사람은 성직자입니다."

"왕에게 가장 필요한 사람은 왕을 보살피는 의사입니다."

"왕에게 가장 필요한 사람은 그 누구보다도 병사입니다."

"왕에게 가장 필요한 사람은 누가 뭐래도 학자입니다."

이처럼 다양한 대답이 학자들의 입에서 나왔다.

"가장 중요한 일은 무엇인가?"라는 왕의 세 번째 질문에 일부 학자들은 "학문입니다"라고 대답했다. 반면에 "전쟁 기술의 개발입니다" "신에 대한 경배입니다"라고 주장하는 학자들도 있었다. 또한 "예술"이라고 말하는 학자들도 있었고, "정신을 바로잡는 것"이라고 대답하는 학자들도 있었다.

매우 다양한 답변이 쏟아져 나왔지만 왕은 어느 말에도 동의하지 않았다. 그래서 물론 누구에게도 상을 내리지 않았다. 해답을 찾고 싶었던 왕은 지혜롭다고 널리 알려진 은사(隱士)를 찾아가 물어보기로 했다.

숲에서 혼자 살고 있었던 은사는 그곳을 한 번도 떠난 적이 없었다. 그는 보통사람 즉, 서민들만 만났다. 그래서 왕은 보통 서민들이 입는 소박한 옷을 걸치고 은사를 찾아갔다. 그리고 은사가 사는 오두막에 도착하기 전에 말에서 내려 호위대를 남겨 둔 채 혼자서 걸어갔다.

왕이 은사 가까이에 다가갔을 때 그는 자신의 오두막 앞에서 밭고랑을 파고 있었다. 왕을 본 은사는 꾸벅 인사를 하고 계속 밭고랑을 파는 일에 열중했다. 비쩍 마른 체구의 은사는 가래로 땅을 찍어서 흙덩이를 파 엎기를 반복했다. 은사는 흙덩이를 뒤집을 때마다 숨을 가쁘게 쉬었다.

왕은 은사에게 다가가 말했다.

"현명하신 은사님, 저는 세 가지 물음에 대한 해답을 얻고자 이렇게 당신을 찾아왔습니다."

왕은 이어서 물었다.

"어찌하면 알맞은 때에 가장 적당한 일을 하는 법을 제가 배울 수 있겠습니까? 또한 저에게 가장 필요한 사람, 말하자면 제가 더욱 주의를 기울여야 하는 사람은 누구입니까? 마지막으로 저에게는 어떤 일이 가장 중요합니까? 제가 가장 먼저 주목해서 해야 할, 가장 중요한 일은 무엇이며, 많은 일 중에서 어떤 일을 제일 먼저 해야 합니까?"

잠자코 왕의 말을 듣고 있던 은사는 아무 대답도 하지 않았다. 그저 손바닥에 침을 뱉어 바르고는 또다시 밭고랑을 파기 시작했다.

"은사님, 당신은 지치신 것 같습니다."

왕이 말했다.

"가래를 저에게 주십시오. 제가 도와드리겠습니다."

은사는 왕에게 가래를 건네고 땅바닥에 널브러지듯 앉았다.

"고맙소이다."

왕은 밭고랑을 두 군데 정도 파고 나서 하던 일을 멈추고 다시 은사에게 물었다.

"은사님, 알맞은 때에 가장 적당한 일을 하는 법을 어떻게 하면 제가 배울 수 있을는지요? 또한 저에게 가장 필요한 사람, 제가 더욱 주의를 기울여야 하는 사람은 누구일까요? 대체 저에게는 어떤 일이 가장 중요합니까? 제가 가장 먼저 주목해서 해야 할, 가장 중요한 일은 무엇입니까? 저는 많은 일 중에서 무슨 일을 제일 먼저 해야 합니까?"

이번에도 은사는 아무 대답도 하지 않았다. 그저 자리에서 일어나 가래를 도로 쥐려고 손을 뻗으며 말했다.

"이제는 당신이 좀 쉴 차례요. 내가 할 테니 가래를 이리 주시지요."

왕은 가래를 주지 않고 계속 밭고랑을 팠다. 한 시간이 지났다. 그리고 또 한 시간이 지났다. 숲 뒤쪽으로 뉘엿뉘엿 해가 지기 시작했다. 이윽고 왕은 가래를 땅에 꽂아 놓고 말했다.

"은사님, 저는 저의 질문에 대한 당신의 대답을 들으러 여기에 왔습니다. 그 질문에 대답할 수 없으시다면 그렇다고 말씀해 주십시오. 그러시다면 돌아가겠습니다."

그때, 은사가 말했다.

"저기 누군가가 달려오는군. 자, 누구인지 두고 봅시다."

왕이 뒤를 돌아보았다. 숲 속을 가로질러 수염이 덥수룩한 털북숭이 남자가 달려오고 있었다. 그는 두 손으로 배를 움켜쥐고 있었는데, 손을 타고 피가 뚝뚝 떨어졌다. 그는 왕 앞까지 와서는 들릴 듯 말 듯 작은 신음 소리를 내며 기절하듯 쓰러졌다.

왕과 은사가 남자의 옷을 벗겨 보았다. 그랬더니 그

의 배에 심한 상처가 나 있는 것이었다. 왕은 매우 조심스럽게 남자의 배에 흐르는 피를 닦아 내고, 자신의 손수건과 은사의 수건을 이용해서 붕대를 만들어 그의 상처를 감았다. 그렇게 해도 피는 좀처럼 멈추지 않았다.

왕은 뜨뜻한 피에 흠뻑 젖은 붕대를 풀고 남자의 상처를 씻은 다음에 다시 감아 주기를 몇 차례 반복했다. 마침내 피가 멎었다. 의식을 되찾은 남자는 은사와 왕을 향해 마실 것을 달라고 부탁했다. 왕은 깨끗한 물을 가져와 남자에게 주며 마시게 했다.

그사이 해가 졌고 날이 제법 서늘해졌다. 왕은 은사에게 도와 달라고 요청해 부상을 입은 남자를 오두막 안으로 운반해서 침상에 눕혔다. 남자는 눈을 감고 조용히 있었다. 한편, 하루 종일 은사를 찾아오느라 걸었고 은사를 도와주느라 밭고랑을 팠던 왕은 매우 지쳐 있었다. 왕은 오두막 문 입구에 쪼그리고 앉았다. 그러다가 그대로 잠이 들었고, 깊은 잠에 빠져서 밤새 한 번도 깨지 않고 곤히 잤다.

왕은 이튿날 아침에 자신이 어디에 있는지, 그리고 침상에 누워 눈빛을 번쩍이며 자신을 뚫어져라 쳐다보는 낯선 남자가 과연 누구인지 알아차리기까지 꽤 오랜 시간이 걸렸다.

남자는 잠에서 깨 정신을 차리고 자신을 바라보는 왕이 자신을 물끄러미 바라보자 가녀린 목소리로 이렇게 말했다.

"저를 용서해 주십시오."

"나는 당신을 모르오. 그러니 당신을 용서할 일은 아무것도 없소이다."

왕이 말했다.

"폐하는 저를 모르실지 모르지만 저는 폐하를 압니다요. 제 형을 처형하고 저의 전 재산을 몰수한 사람이 바로 폐하입니다. 그렇기에 저는 폐하에게 복수하겠다고 마음먹었습니다. 고로 저는 폐하의 적이지요.

저는 폐하께서 혼자 은사를 만나러 간다는 정보를 들었습니다. 그래서 폐하가 돌아오시는 길에 해하려고 했지요. 그러나 하루가 꼬박 다 지나려고 하는 데도 폐하는 돌아오지 않으시는 것이었습니다. 몰래 잠복해 있던 저는 폐하를 찾으러 다니다가 폐하의 호위대를 만났습니다. 그들은 저를 알아보고 없애려고 했습니다.

저는 그들을 피해 달아난 것입니다.

폐하께서 제 상처에 붕대를 감아 주지 않으셨더라면 저는 아마 피를 쏟다가 죽었을 것입니다. 저는 폐하를 죽이고 싶었고, 죽이려고 했는데, 폐하께서는 저를 살려 주셨습니다. 만약에 제가 살아난다면, 그리고 폐하께서 원하신다면 저는 가장 충실한 종이 되어 폐하를 섬길 것입니다. 제 아들들에게도 그리하라고 명할 것입니다. 그러니 부디 저를 용서해 주십시오, 폐하!"

왕은 이처럼 쉽게 적과 화해하고, 더군다나 그 적을 자기편으로 만들었다는 사실에 매우 흡족했다. 왕은 당연히 남자를 용서했다. 그리고 남자를 돌봐 줄 하인과 의사를 곁에 붙여 주고 그의 재산도 되돌려 주겠다고 약속했다.

왕은 상처 입은 그 남자와 작별 인사를 하고 오두막 밖으로 나와 은사를 찾느라 두리번거렸다. 그곳을 떠나기 전에 은사에게 세 가지 질문에 대해 답해 달라고 다시 한 번 더 부탁할 참이었다. 은사는 바깥에서 전날 파 놓은 밭고랑에 무릎으로 기며 씨를 뿌리고 있었다.

왕은 은사에게 다가가서 말문을 열었다.

"현명하신 은사님, 마지막으로 부탁합니다. 제 질문에 대답을 해 주십시오."

"나는 이미 대답을 했고, 당신은 벌써 답을 얻었소!"

은사는 비쩍 마른 다리를 괸 채 여전히 쭈그리고 앉아 자신 앞에 서 있는 왕을 아래위로 훑어보며 말했다.

"아니, 답을 얻었다니 무슨 말씀입니까? 어떻게 답을 얻었다는 말입니까?"

왕이 묻자 은사가 말했다.

"어떻게 답을 얻었냐고 했소? 정말 모르겠소? 당신이 말이요, 어제 허약한 나를 가엾게 여겨 나 대신 밭고랑을 파지 않고 그냥 돌아갔다고 생각해 보시오. 피를 흘리며 우리에게 온 그 남자는 아마도 당신을 해쳤을 것이오. 그랬다면 당신은 나와 함께 있지 않았던 것을 후회하지 않았겠소?

따라서 당신이 첫 번째로 질문한 가장 중요한 순간은 당신이 고랑을 팠던 때라는 해답을 주고 싶소. 두 번째로 질문한 가장 중요한 사람은 누구인가에 대한 해답은 바로 나라고 말해 주겠소. 마지막으로 당신에게 가장 중요한 일은 나를 도와준 것이었소. 고로 나를 위해 선행을 베푼 것이 당신이 한 가장 중요한 일이었소.

이후에 부상을 당한 남자가 우리에게 달려왔을 때를 생각해 보시오. 당신이 남자를 돌보았던 때가 가장 중요한 순간이었소. 만약에 당신이 그의 상처에 붕대를 감아 주지 않았더라면 그는 당신과 화해하지 못하고 죽었을 테지요. 그러므로 그가 가장 중요한 사람이었고, 당신은 가장 중요한 일을 그에게 해 주었다고 할 수 있지요.

기억하시오. 가장 중요한 순간은 바로 '지금'이라는 사실을 말이오. 왜 지금이 가장 중요하겠소? 우리는 오직 '지금'만 영향력을 행사할 수 있기 때문이오. 오직 지금 이 순간만이 우리가 마음대로 다룰 수 있는 유일한 시간이라는 말이지요.

또한, 가장 중요한 사람은 바로 지금 함께 있는 사람이오. 앞으로 그 어떤 상황에서 그 누구와 자신이 인간관계를 맺을지 모르므로 가장 중요한 사람은 지금 함께 있는 사람이오.

그리고 가장 중요한 일은 함께 있는 그 사람에게 착한 일을 행하는 것이지요. 그를 위해 이 세상에 인간이

보내졌고, 오직 이를 위해 인간이 이 세상에 왔다는 사실을 잊지 마시오."

에밀리안과 빈 북

시골에서 부잣집 하인으로 일하던 에밀리안이라는 청년이 있었다. 어느 날 에밀리안은 일하러 가는 중에 목장을 지나게 되었는데, 느닷없이 개구리 한 마리가 뛰쳐나오는 바람에 하마터면 그 개구리를 밟을 뻔했다. 에밀리안은 개구리를 간신히 피한 뒤 걸음을 옮겼다. 그런데 바로 그때, 누군가의 목소리가 들렸다.

"에밀리안!"

에밀리안이 뒤를 돌아보자 어디서 나타났는지 한 아름다운 여인이 그를 부르고 있었다.

"에밀리안! 당신은 왜 여대 결혼을 하지 않았나요?"

에밀리안이 풀 죽어 대답했다.

"제가 무슨 재주로 아내를 얻겠습니까? 저 같은 가난뱅이에게 시집올 여자는 세상에 아무도 없을 겁니다."

그러자 여인이 말했다.

"그렇다면 저를 아내로 삼는 건 어떠세요?"

에밀리안은 깜짝 놀라 자신의 귀를 의심했다. 이토록 아름다운 여인이 자신과 결혼을 하겠다니!

"정말입니까? 저야 영광입니다만, 함께 먹고살 길이 걱정입니다. 저는 가진 것이 아무것도 없거든요. 제 아내가 되면 분명 고생만 할 겁니다……."

"그런 걱정은 하지 마세요. 부지런히 일하면 어디서든 먹고살 수 있답니다."

아름다운 그녀의 목소리에는 자신감이 넘쳐흘렀다.

"그래요. 그럼 우리 어디로 가서 살까요?"

"도시로 가요."

미래를 약속한 에밀리안과 여인은 도시로 갔다. 여인은 도시 근교에 있는 작은 집으로 에밀리안을 데리고 갔다. 두 사람은 그곳에서 결혼식을 올리고 신혼살림을 차렸다.

그러던 어느 날 도시에 왕의 행차가 있었다. 왕의 행렬이 에밀리안의 집을 지날 무렵, 에밀리안의 아내도 왕을 보기 위해 집 밖으로 걸어 나왔다. 왕은 그녀의 아름다움에 홀딱 반하고 말았다.

"대단한 미인이구나!"

왕은 행렬을 멈추게 하고 마차를 세운 뒤 에밀리안의 아내를 가까이 불러 물었다.

"너는 누구냐?"

"저는 농부 에밀리안의 아내입니다."

그녀가 대답했다.

"이토록 아름다운 여인이 어찌 농부의 아내가 되었느냐? 나와 함께 궁으로 가자, 내가 너를 왕비로 삼겠다."

"말씀은 감사합니다만 저는 지금 이대로가 좋습니다."

왕은 계속해서 에밀리안의 아내를 설득했지만 여인은 완고했다. 왕은 그녀와 얼마 동안 이야기를 나누다 떠났다.

궁전으로 돌아온 왕은 에밀리안의 아내를 도저히 잊을 수가 없었다. 밤이 새도록 잠을 이룰 수가 없을 정도였다.

'어떻게 하면 에밀리안이라는 그 농부 놈의 아내를 빼앗아 올 수 있을까?'

왕은 몸을 이리저리 뒤척이며 밤새 궁리했지만 좋은 생각이 떠오르지 않았다.

다음 날이 되자 왕은 신하들을 불러 모아 자신의 고민을 이야기하고 묘안을 생각해 내라고 명했다. 그러자 신하들이 말했다.

"우선 에밀리안을 궁전으로 불러와 하인으로 부리는 것이 어떻겠습니까? 그 녀석에게 엄청나게 힘든 일을 시켜 죽게 만드는 겁니다. 그러면 그의 아내는 과부가 되니, 그때 전하의 뜻대로 하실 수 있을 겁니다."

왕은 신하들의 의견에 따라 에밀리안을 궁전의 하인으로 삼고, 그의 아내 또한 궁전으로 불러들이라고 지시했다. 그 즉시 사신은 에밀리안을 찾아가 왕의 명을 전했다.

그 말을 들은 아내가 에밀리안에게 말했다.

"아무 걱정하지 마세요. 낮에는 궁에서 일하고 밤이 되면 집으로 돌아오면 돼요. 전하께서 저를 찾으시면 아내는 살림해야 한다고 말씀드리세요."

그렇게 에밀리안은 사신을 따라 궁전으로 갔다.

궁전에 도착하자 왕이 의아한 표정으로 에밀리안에게 물었다.

"왜 혼자 들어온 것이냐?"

에밀리안은 아내가 시킨 대로 대답했다.

"어찌 아내와 함께 오겠습니까? 아내는 집에서 살림을 맡아 해야지요."

그날부터 에밀리안은 두 사람 몫의 일을 하게 되었다. 그는 어마어마한 일을 도무지 감당할 수 없었지만 불평하지 않고 묵묵히 일했다. 그런데 어찌 된 영문인지 저녁이 되니 모든 일은 완전히 끝나 있었다.

그리고 저녁이 되어 에밀리안이 집으로 돌아오면 집 안은 깨끗하게 정리되어 있었고, 난로에는 따뜻한 불이 타오르고 있었다. 아내는 저녁 식사를 준비해 두고 바느질을 하며 남편을 기다리고 있었다.

그녀는 지친 남편을 반갑게 맞이하고 식사를 차려 주었다. 궁전에서의 일이 어땠는지 묻자 에밀리안이 대답했다.

"일이 너무 힘들어. 지나치게 많은 일을 시키더군. 어쩌면 나를 죽이려는 걸지도 몰라……."

그러자 아내가 에밀리안을 위로하며 말했다.

"무슨 일이든 온 힘을 다해서 열심히 하면 모든 게 잘될 거예요. 언제쯤 일을 끝마칠 수 있을까 하는 고민은 쓸데없는 생각이니, 그저 집중하세요."

에밀리안은 아내의 위로와 조언을 들으며 힘을 얻었다. 식사를 마친 그는 곧 잠이 들었다.

다음 날, 에밀리안이 궁전으로 가자 신하들은 전날보다 더 많은 네 사람 몫의 일을 그에게 맡겼다. 하지만 에밀리안은 아내가 말한 것처럼 한눈 한 번 팔지 않고 열심히 일했다.

놀랍게도 그날 역시 저녁이 되자 일은 다 끝났다. 에밀리안은 날이 어두워지기 전에 집으로 돌아갈 수 있었다.

에밀리안의 일은 날이 갈수록 점점 더 늘어났다. 하지만 에밀리안은 언제나 그랬던 것처럼 시간 내에 일을 끝내고 집으로 돌아와 아내와 즐겁게 시간을 보냈다.

일주일이 지났다. 그제서야 신하들은 아무리 일을

시켜도 에밀리안을 죽일 수 없다는 것을 깨달았다.

"몸을 쓰는 일은 소용없는 것 같습니다. 이제는 지혜롭지 못하면 해낼 수 없는 일을 시키도록 합시다."

신하들은 에밀리안에게 머리를 써야 해결할 수 있는 일을 시키기 시작했다. 그러나 에밀리안은 무슨 일이든 아무 문제 없이 척척 해냈다. 집을 짓거나 돌을 다듬거나 지붕을 수리하는 일도 그는 훌륭하게 해치운 뒤 저녁이 되면 집으로 돌아가는 것이었다.

이렇게 다시 일주일이 지나자 왕은 신하들을 불러 모아 말했다.

"너희는 대체 뭘 하고 있는 것이냐? 벌써 이주나 지났는데 아무 일도 일어나지 않았다. 그 녀석은 밤이 되면 콧노래를 부르며 집으로 돌아가고 있는데 너희는 나를 농락하고 있는 것인가?"

신하들은 변명을 늘어놓기 시작했다.

"저희는 에밀리안에게 감당하기 어려울 정도의 많은 일을 시켰지만 그는 지친 기색조차 보이지 않았습니다. 그 녀석은 어떤 일을 시켜도 거뜬히 해치우곤 했습니다. 힘이 세서 그런가 싶어 머리 쓰는 일을 시켜 보았지만 그것마저도 완벽하게 해치웠습니다.

아무리 힘들고 까다로운 일이라도 척척 해내니, 그녀석이나 아내가 마법을 쓰는 것이 아닌가 하는 생각마저 듭니다. 만약 그것이 사실이라면 저희로서는 어찌할 도리가 없습니다.

그래서 이번에는 아무도 할 수 없는 일을 시키려고 합니다. 하루 만에 커다란 교회를 짓게 하는 것입니다. 전하께서 직접 에밀리안에게 하루 만에 궁전 앞에 큰 교회를 지을 것을 명해 주십시오. 만일 그 일을 해내지 못한다면 명을 거역한 죄로 처형하면 되는 것입니다."

왕은 에밀리안을 불러 명령을 내렸다.

"에밀리안에게 명하노라! 내일까지 이 궁전 앞에 으리으리한 새 교회를 지어라. 만일 내일 밤까지 교회를 세우지 못하면 네 목을 치겠다. 알겠느냐?"

에밀리안은 왕의 무시무시한 명령을 받고 힘없이 집으로 돌아왔다.

'아, 모든 게 끝이구나!'

낙담한 에밀리안이 아내에게 말했다.

"여보, 여기서 멀리 도망을 쳐야겠소. 어서 짐을 챙

겨요. 그렇지 않으면 억울하게 죽임을 당할 거요."

아내는 어리둥절한 표정으로 물었다.

"무슨 일 있어요? 왜 우리가 도망쳐야 한다는 거죠?"

"도망치지 않고는 도리가 없소. 전하께서 내게 내일 밤까지 궁전 앞에 큰 교회를 세우라고 명령하셨소. 만약 그러지 못하면 당장 내 목을 치겠다는 거요. 그러니 이제 방법이 없잖소. 지금 당장 도망치지 않으면 안 돼요."

그러나 아내는 고개를 저었다.

"궁에는 많은 병사가 있어요. 우리가 어디를 가든 금방 붙잡힐 거예요. 그러니 당신은 늘 하던 것처럼 온 힘을 다해서 명령을 따르면 돼요."

"하지만 어찌 그 일을 해낸다는 말이오? 그건 내가 감당할 수 있는 일이 아니오."

"여보, 걱정하지 마세요. 일단 저녁을 드시고 푹 주무세요. 그리고 내일은 일찍 일어나세요. 모든 게 잘 될 거예요."

에밀리안은 아내가 시키는 대로 저녁 식사를 하고 곧 잠이 들었다.

다음 날 아침 일찍 아내가 에밀리안을 깨웠다.

“어서 일어나세요. 궁전 앞으로 가서 교회를 세우세요. 여기 못과 망치가 있어요. 가면 오늘 안에 끝낼 수 있는 일이 있을 거예요.”

에밀리안이 궁전 앞 광장에 도착해 보니 놀랍게도 정말 커다란 교회가 거의 완성되어 있었다. 에밀리안이 가져간 못과 망치로 남은 손질을 하자 저녁이 되기 전까지 모든 작업을 마칠 수 있었다.

왕은 궁전 앞 광장에 새로 지어진 커다란 교회와 열심히 못질하는 에밀리안의 모습을 똑똑히 보았다. 높이 솟은 웅장한 교회가 도시에 새로 생겼지만 왕은 전혀 기쁘지 않았다. 오히려 에밀리안을 처벌하고 그의 아내를 데려올 수 없게 되어 애가 탔다.

왕은 다시 신하들을 불러 말했다.

“너희 눈에도 저 교회가 보이느냐? 에밀리안 그 녀석이 또 해냈구나. 그 녀석을 없애 버릴 방도가 정녕 없느냐? 이번 일은 그 녀석한테 너무 쉬웠다. 그러니 더 어렵고 복잡하고 까다로운 일을 생각해 내라. 만일 이번에도 실패하게 된다면 네놈들 목부터 칠 것이다!”

그래서 신하들은 다시 한 번 오랜 고민 끝에 에밀리안에게 궁전 주위에 배가 드나들 수 있는 거대한 수로를 파게 하기로 결정했다.

왕은 신하들의 의견대로 에밀리안을 불러 수로를 파라고 명령했다.

"너는 하루 만에 교회를 세웠다. 그러니 수로쯤이야 식은 죽 먹기겠지? 하루의 시간을 주마. 내일까지 이 일을 끝내도록 하라. 그러지 않으면 네 목을 치겠다!"

에밀리안은 왕의 터무니없는 명령을 듣고 깜짝 놀라 축 늘어진 어깨를 하고 집으로 돌아왔다.

"여보, 왜 그리 힘이 없으세요? 전하께서 또 새로운 명령을 내리셨나요?"

에밀리안이 아내에게 말했다.

"이제는 정말 도망쳐야 하오."

그러자 아내가 또다시 남편을 말렸다.

"우리는 도망칠 수 없어요. 어디를 가든 붙잡힐 게 뻔해요. 이번에도 늘 하던 것처럼 명령을 따르면 돼요."

"하지만 이런 엄청난 일을 어떻게 할 수 있겠소? 하루 만에 배가 드나들 수 있는 수로를 파다니……. 이건 불가능한 일이오."

"괜찮아요. 겁내지 마세요. 얼른 식사부터 하시고 잠자리에 드세요. 내일 아침에 일어나면 모든 일이 잘되어 있을 거예요."

에밀리안은 아내의 말을 따라 저녁 식사를 한 후 금방 잠이 들었다.

다음 날 아내가 아침 일찍 남편을 깨웠다.

"어서 일어나서 궁전으로 가세요. 일은 다 되어 있으니 삽을 가져가서 궁전 앞에 쌓인 흙을 평평하게 고르면 일이 끝날 거예요."

에밀리안은 아침 일찍 궁전으로 향했다. 그런데 이미 궁전 주위에는 아내의 말대로 큰 배가 다닐 수 있을 정도의 수로가 만들어져 있었다. 그리고 궁전 앞에는 흙이 잔뜩 쌓여 있었다. 에밀리안은 가져간 삽으로 흙을 다져서 평평하게 했다.

왕이 잠에서 깨어 창밖을 내다보니 궁전 주위에 어제까지 없던 수로가 생겼고 이미 배가 드나드는 것이 아닌가. 저 멀리 에밀리안이 삽을 들고 흙을 고르고 있는 모습이 보였다.

왕은 어마어마한 수로를 보면서도 전혀 기쁘지 않았다. 오히려 에밀리안을 벌할 수 없게 되어 화가 났다.

"어찌할 방법이 없군. 저 녀석은 못 하는 일이 없어. 이를 어쩌면 좋은가?"

왕은 신하들을 불러 말했다.

"에밀리안이 절대 할 수 없는 일을 생각해 내라! 아무리 어려운 일을 시켜도 척척 해내니, 이렇게 해서 어떻게 그 아내를 빼앗아 올 수 있겠느냐?"

신하들은 머리를 맞대고 궁리를 계속했다. 의논 끝에 신하들은 자신들이 세운 계략을 왕에게 보고했다.

"에밀리안에게 어디인지 모르는 곳으로 가서 무엇인지 모르는 물건을 가져오라고 명하십시오. 그러면 제아무리 뛰어난 재주가 있다고 해도 문제를 해결할 수는 없을 것입니다. 그 녀석이 어디를 갔다 왔더라도 전하께서 틀렸다고 하시면 됩니다. 그 어떤 진귀한 물건을 가져오더라도 그것이 아니라고 하시면 됩니다. 그러면 녀석의 목을 치고 아내를 데려올 수 있을 것입니다."

"옳거니! 참으로 좋은 생각이구나."

왕은 즉시 에밀리안을 불러들였다.

"지금 즉시 너는 어디인지 모르는 곳으로 가서 무엇인지 모르는 물건을 가져오너라. 만일 해내지 못한다면 당장 네 목을 칠 것이다!"

에밀리안은 아내에게 가서 왕의 명령을 이야기했다. 그러자 아내의 표정이 금세 어두워졌다.

"이번엔 정말 어려운 일이네요. 왕과 신하들이 당신을 해치려고 작정한 것 같아요. 그러니 좀 더 신중하지 않으면 안 되겠어요."

아내는 한참을 생각하더니 에밀리안에게 말했다.

"할머니께 도움을 청해야겠어요. 여기서 조금 떨어진 숲으로 가면 아들을 군대에 보낸 할머니 한 분이 살고 계세요. 그 할머니를 만나 사정을 이야기하면 도움을 주실 거예요. 할머니가 주신 물건을 가지고 곧장 궁전으로 가세요. 저도 그곳으로 갈게요.

이 방법 말고는 빠져나갈 방법이 없어요. 저도 어쩔 수 없이 궁전으로 붙잡혀 가야 할 거예요. 하지만 당신이 할머니가 시키신 대로 잘 따라와 준다면 분명 절 구할 수 있을 거예요."

에밀리안이 서둘러 떠날 준비를 마치자 아내는 작은

자루와 조그마한 물렛가락을 건넸다.

"이것을 가져가 할머니께 보여 드리세요. 당신이 제 남편이라는 증표가 될 거예요."

아내는 에밀리안에게 길을 알려 주었고, 에밀리안은 마을을 뒤로한 채 걸어갔다. 시간이 얼마나 흘렀을까. 그는 마을을 벗어난 곳에서 군인들이 훈련을 받고 있는 모습을 발견했다. 에밀리안은 한참 동안 서서 그들을 구경했다. 훈련을 끝낸 군인들이 앉아서 쉬는 모습을 본 에밀리안은 그들에게 다가가 물었다.

"이보시오, 형제들. 혹시 어딘지도 모르는 곳으로 가려면 어디로 가야 하는지 아시오? 그리고 무엇인지 모르는 것을 가져오려면 어떻게 해야 하오?"

군인들은 그의 말을 듣고 깜짝 놀랐다.

"누가 당신에게 그런 걸 시켰소?"

"왕입니다."

그러자 그들이 말했다.

"사실 우리도 그렇다오. 군인이 되면서부터 어딘지도 모르는 곳에 가려고 했지만 그곳에 갈 수 없었소. 그리고 무엇인지도 모르는 것을 찾고 있으나 그것 역시 찾을 수 없었다오. 우리는 당신을 도울 수 없소."

에밀리안은 잠시 군인들과 함께 앉아 있다가 다시 길을 떠났다. 한참을 더 걸어가자 그는 마침내 어느 숲에 다다를 수 있었다. 숲 속에는 작은 움막이 있었는데 그 앞에서 한 할머니가 베를 짜고 있었다. 할머니는 아들을 군대에 보내고 그 슬픔에 울면서 베틀 앞에 앉아 있었는데, 손끝에 침을 묻히는 대신 눈물을 적셔 베를 짜는 것이었다.

눈물을 훔치던 할머니가 에밀리안을 보고 물었다.

"어떻게 왔소?"

에밀리안은 물렛가락을 내보이고 자초지종을 설명했다. 그러자 할머니는 부드러운 얼굴로 에밀리안에게 이런저런 질문을 했다. 에밀리안은 이제까지 있었던 모든 일을 이야기했다. 아름다운 여인을 만나 결혼한 것, 도시에서 일어난 일과 궁전으로 들어가 겪었던 일, 교회를 세우고 수로를 만들었던 일, 그리고 어딘지 모르는 곳에 가서 무엇인지 모르는 물건을 가져가야 한다는 이야기 등이었다.

에밀리안의 이야기를 조용히 듣던 할머니는 작은 소

리로 중얼거렸다.

"이제 때가 된 모양이군."

할머니는 에밀리안의 얼굴을 똑바로 바라보면서 말했다.

"이보게, 젊은이. 이젠 안심하게. 우선 이리로 와서 뭘 좀 먹게나."

에밀리안이 식사를 마치자 할머니는 이제부터 해야 할 일을 일러주었다.

"여기에 실뭉치가 있네. 이것을 앞으로 굴려서 굴러가는 방향으로 따라가게. 가다 보면 해변이 나올 테고, 그 해변 옆에 있는 큰 도시에 도착할 수 있을 걸세. 그러면 그 도시의 제일 끝 집으로 가서 하룻밤 묵게 해 달라고 청하게나. 그곳에서 젊은이가 필요로 하는 물건을 얻게 될 거야."

"정말인가요? 하지만 할머니, 그 물건이 제가 찾는 물건인지는 어떻게 알 수 있을까요?"

"사람들이 자신의 부모보다 더 따르는 물건을 찾게나. 그것이 바로 자네에게 필요한 물건일세. 그걸 가져가면 왕은 분명 자신이 가져오라고 한 물건이 아니라고 잡아뗄 거야. 그러면 자네는 이렇게 대답하게. '이게 아니군요. 그렇다면 이것을 부숴 버리겠습니다.' 하고 말이야.

그런 다음에 그것을 두드리며 강으로 가서 부수고 물에 처박아 넣어. 그렇게 하면 자네 아내를 구할 수 있을 거야. 그리고 군대로 끌려간 내 아들도 돌아와 이 늙은 어미의 눈물도 그칠 수 있게 될 걸세."

에밀리안은 할머니에게 작별 인사를 하고 집을 나서 실뭉치를 굴렸다. 그러자 그것은 데굴데굴 굴러가기 시작했다.

실뭉치를 따라 한참을 걸어가자 할머니가 일러 준 대로 해변이 나왔다. 그리고 해변 옆에는 큰 도시도 있었다. 에밀리안은 그 도시의 가장 끝에 있는 집을 찾아갔다.

에밀리안은 집주인에게 하룻밤을 묵게 해 달라고 부탁했고, 주인은 흔쾌히 승낙했다. 에밀리안은 그곳에서 밤을 보냈다.

이튿날 아침, 에밀리안은 시끄러운 소리에 잠에서 깼다. 집주인이 자는 아들을 깨워 장작을 날라 오라고 말하는 소리였다. 하지만 아들은 통 말을 듣지 않았다.

"아직 너무 이른 시간이잖아요. 천천히 해도 돼요."

아들이 퉁명스럽게 대꾸하자 난로 쪽에서 어머니가 아들을 다그치는 소리가 들렸다.

"얘야, 어서 가져오너라. 아버지는 몸이 많이 아프시잖니. 아픈 아버지에게 나르게 할 거니?"

하지만 아들은 투덜대더니 다시 침대에 드러누워 버렸다.

그런데 바로 그때, 어디선가 '둥둥' 소리가 요란하게 들려왔다. 그 소리를 들은 아들은 자리에서 벌떡 일어나 서둘러 옷을 입고 밖으로 뛰어나갔다. 에밀리안도 급히 아들의 뒤를 따랐다.

'이 이상한 소리는 도대체 뭘까?'

그는 그것의 정체를 알아내야 했다.

마침내 에밀리안은 한 사나이가 무언가를 목에 걸고 요란한 소리를 내며 거리를 행진하는 모습을 목격했다. 그 소리에 아들이 벌떡 일어나 나섰던 것이다.

에밀리안은 그 사나이에게 가까이 가서 그 물건을 유심히 살폈다. 작고 둥근 통처럼 생겼는데, 통의 위아래 부분은 가죽으로 덮여 있었다.

그것이 무엇인지 에밀리안이 묻자 그 사나이가 대답했다.

"북입니다."

"안은 비어 있나요?"

"네, 그렇습니다."

에밀리안이 찾던 그 물건이 틀림없었다. 에밀리안은 사나이에게 북을 달라고 간청했다. 하지만 사나이는 이를 거절했다. 에밀리안은 온종일 북 치는 사나이를 따라다니다가 사내가 잠이 들자 기회를 노려 북을 훔쳤다.

에밀리안은 온 힘을 다해 달리고 또 달려 집으로 돌아왔다. 그러나 그토록 그리워하던 집으로 돌아왔지만 아내의 모습은 보이지 않았다. 에밀리안이 집을 떠난 후 왕이 아내를 강제로 데려간 것이었다.

에밀리안은 궁전으로 가서 왕에게 알현을 청했다.

"그는 어디인지도 모르는 곳에 가서 무엇인지도 모르는 것을 가지고 돌아왔다고 합니다."

신하들은 왕에게 에밀리안의 뜻을 전했지만 왕은 에

밀리안에게 다음 날 다시 찾아오라고 말했다. 그러자 에밀리안이 말했다.

"왕에게 말해 주십시오. 저는 오늘 돌아왔고, 왕께서 원하시는 것을 가지고 돌아왔습니다. 나오셔서 저를 만나 주십시오. 그렇지 않으면 제가 직접 들어가 왕을 뵐 것입니다."

잠시 후 왕이 나와 물었다.

"어디를 다녀왔느냐?"

에밀리안은 그동안 다녀온 곳을 이야기했다. 그러자 왕이 말했다.

"틀렸다. 내가 다녀오라고 한 곳이 아니다. 그럼, 무얼 가지고 왔느냐?"

에밀리안은 빈 북을 들어 보였다. 하지만 왕은 북을 거들떠보지도 않고 말했다.

"틀렸다. 내가 가져오라고 한 것은 그 물건이 아니다."

그러자 에밀리안은 할머니가 일러 준 대로 말했다.

"이게 아니군요. 그렇다면 이것을 부숴 버리겠습니다."

에밀리안은 북을 둥둥 울리며 궁전 밖으로 나갔다.

북을 두드리자 군사들이 무엇에 홀리기라도 한 것처럼 에밀리안의 뒤를 따랐다. 모든 군대가 에밀리안에게 절을 하고 명령을 내리기를 기다렸다.

창문 너머로 이 광경을 지켜보던 왕은 군인들에게 에밀리안을 따라가선 안 된다고 소리를 질렀다. 그러나 그들의 귀에는 더는 왕의 명령이 들리지 않았다.

조급해진 왕은 신하를 시켜 에밀리안의 아내를 어서 돌려보내라고 명령했다. 그러고는 에밀리안에게 그 북을 자신에게 달라고 부탁했다. 그러나 에밀리안은 고개를 가로저으며 말했다.

"아닙니다. 이 북은 부숴서 강에 처넣을 것입니다."

에밀리안이 북을 두드리며 강을 향해 가자 군인들도 발을 맞추어 그의 뒤를 따랐다. 강기슭에 다다른 에밀리안은 북을 무참히 부숴 버렸고, 산산이 조각난 북을 강물에 힘껏 내던졌다.

그 순간, 군인들은 마법에서 풀린 듯 모두 달아났고, 베 짜는 할머니의 아들도 궁전을 벗어나 집으로 돌아갔다.

에밀리안은 아내와 함께 무사히 집으로 돌아왔다.

그 후 왕은 에밀리안을 두려워하여 더는 괴롭히지 않았다. 그리하여 에밀리안과 아내는 오래오래 행복하게 살았다.

아시리아 왕 아사르하돈

아시리아를 다스리던 왕 아사르하돈은 잔인한 침략자였다. 그는 이웃 나라인 라이레 왕의 영토를 정복하기 위해 나라의 모든 건물을 부수고 불을 질렀다. 또한, 포로로 잡은 마을 사람들과 병사들을 무참히 죽여 버리고 라이레 왕은 감옥에 가두었다.

밤이 되어 잠자리에 든 아사르하돈은 침대에 누워 라이레에게 어떤 형벌을 내릴지 고민하기 시작했다. 그런데 그때, 어디선가 부스럭거리는 인기척이 느껴졌다. 깜짝 놀라 눈을 떠 보니 하얀 수염을 길게 기른 선한 눈매의 노인 한 사람이 그의 앞에 서 있었다.

그 노인은 느닷없이 아사르하돈에게 이렇게 물었다.

"당신은 라이레 왕을 죽이려 하는군요, 그렇지요?"

아사르하돈이 대답했다.

"그렇소. 다만 처벌할 방법을 아직 생각해 내지 못했소."

"물론 그렇겠지요. 라이레 왕은 바로 당신 자신이니 말이오."

노인이 말했다.

"그게 무슨 소리요? 나는 나고, 라이레는 라이레일 뿐이오."

왕이 말하자 노인이 대꾸했다.

"당신과 라이레 왕은 같은 사람이라오. 당신은 라이레가 아니고, 라이레는 당신이 아니라고 생각하고 있을 뿐이오."

"어째서 그렇다는 거요? 나는 이렇게 좋은 잠자리에 누워 있고, 내 주위에는 충실한 신하들이 대령하고 있는 데다가, 나는 내일도 오늘과 마찬가지로 많은 사람을 불러 잔치를 열고 술을 마실 거요. 하지만 라이레는 지금 마치 새장에 갇힌 새처럼 감옥에 앉아 있고, 내일이 되면 칼에 찔려 혀를 늘어뜨린 채 숨이 끊길 때까지 헐떡댈 신세란 말이오. 그 시체는 개들의 밥이 되겠지."

"하지만 당신은 그의 생명을 멸망시킬 수 없을 것이오."

노인이 말했다.

"그것은 말도 안 되는 소리요. 나는 이미 라이레의 일만 사천 명이 넘는 군사들의 생명을 빼앗았단 말이오. 당신의 말대로라면, 내가 어찌 그 시체의 무덤을 쌓아 올렸단 말이오? 나는 살았고 그들은 죽었소. 그것만 보아도 나는 생명을 멸망시킬 수 있는 능력을 지녔소."

"당신은 그들이 죽어 없어진 것을 어찌 압니까?"

"그들이 세상에 보이지 않기 때문이오. 그리고 중요한 것은, 그들은 끔찍한 괴로움에 고통 받았지만 나는 그저 편안하고 행복했다는 사실이지."

"당신이 그렇게 생각한 것뿐이오. 당신은 그들을 괴롭힌 것이 아니라 당신 자신을 괴롭힌 것이오."

"무슨 말인지 도무지 알아들을 수가 없군요."

"알고 싶소?"

"물론이오."

"그러면 이리 오시오."

노인은 언제 가져다 놓았는지 물이 가득 담긴 목욕통을 가리키며 말했다. 아사르하돈은 자리에서 일어나 목욕통 앞으로 갔다.

"옷을 벗고 통으로 들어가시오."

아사르하돈은 노인이 시키는 대로 했다.

노인이 바가지에 물을 퍼 올리며 말했다.

"자, 이제 내가 당신에게 물을 끼얹으면 당신의 머리를 물에 담그시오."

노인은 아사르하돈의 머리 위로 물을 끼얹었다. 그는 곧 머리를 물속에 담갔다.

온몸이 물에 잠기자 아사르하돈은 갑자기 자신이 아사르하돈이 아닌 다른 사람이라는 이상한 느낌을 받았다. 문득 그의 눈앞에 새로운 광경이 펼쳐졌다.

그는 호화로운 침대 위에 아름다운 여자와 누워 있는 자기 자신을 바라보았다. 한 번도 본 적 없는 여자였지만, 직감적으로 자신의 아내라는 것을 알 수 있었다. 그 여자는 몸을 일으키며 말했다.

"존경하는 라이레! 당신은 업무에 지쳤는지 어느 때

보다 더 오래 쉬셨어요. 당신이 너무 곤히 잠들어 깨우지 못했답니다. 하지만 대신들이 당신을 기다리고 있어요. 이제 일어나 옷을 입으시고 어서 나가 보세요."

아사르하돈은 아내의 말을 듣는 순간 자신이 라이레라는 것을 깨달았다. 하지만 그 사실이 그리 놀랍지 않았다. 오히려 자신이 이제껏 그 사실을 모르고 있었다는 것이 더 놀라웠다.

라이레는 일어나 옷을 입고 대신들이 기다리고 있는 홀로 나갔다. 대신들은 이마가 땅에 닿을 듯이 허리를 굽혀 절하며 라이레 왕을 맞이했다. 그러고는 왕의 지시대로 그의 앞으로 가 앉았다.

그때 군을 지휘하는 군대장이 아사르하돈 왕의 모욕을 견딜 수 없어 군사를 일으키기로 했다고 보고했다. 그러나 라이레는 그의 말에 동의하지 않았다. 그는 군사를 일으키는 대신 아사르하돈에게 사신을 보내어 마땅히 받아야 할 사과를 받고 화목한 관계를 유지해야 한다고 생각했다.

라이레는 자신의 뜻을 밝힌 뒤 대신들을 물러나게 했다. 그러고는 사신으로 임명된 신하들에게 아사르하돈 왕에게 보내는 친서를 건네며 그들에게 조심스레 행동하라고 당부했다.

아사르하돈이었던, 하지만 지금은 라이레인 그는 사신을 보낸 뒤 야생 나귀를 사냥하기 위해 산으로 향했다. 사냥은 대성공이었고, 나귀를 두 마리나 잡은 그는 사람들을 불러 연회를 즐기며 여자 노예들의 춤을 감상했다.

다음 날에는 청원자, 기소인, 재판에 회부된 죄수가 기다리고 있는 궁정으로 나가 일상적으로 그에게 주어진 사건을 처리했다.

일을 마친 후에는 다시 그가 가장 좋아하는 사냥을 하기 위해 말을 타고 나갔다. 이번에도 성공적이었다. 늙은 암사자 한 마리를 자신의 손으로 직접 죽였고, 새끼 사자 두 마리를 포획했다. 사냥을 마친 후에는 다시 그의 측근들과 연회를 벌여 음악과 춤을 즐겼다. 그리고 밤에는 자신이 사랑하는 왕비와 함께 시간을 보냈다.

그는 왕의 업무를 처리하고, 왕으로서 즐거움을 만끽하면서 시간을 보냈다. 그러면서 자기 자신이었던 아사르하돈에게 보낸 사신들이 돌아오기를 기다렸다.

그런데 아무리 기다려도 아사르하돈에게 보낸 사신들은 돌아올 생각을 하지 않았다. 초조한 시간이 흐르고, 사신들은 한 달이 지나서야 겨우 라이레 앞으로 돌아왔다. 그러나 두 사신은 모두 코가 잘리고 귀가 찢긴 참혹한 모습이었다.

아사르하돈 왕이 사신을 통해 라이레에게 전하는 내용은 이러했다.

> 금과 은, 측백나무 등 진귀한 공물을 나 아사르하돈에게 바쳐라. 왕이 직접 나서서 경의를 표하지 않으면 왕 역시 사신들과 같은 꼴을 면치 못하게 될 것이다.

엄청난 선전포고를 받고 아사르하돈이었던 라이레는 대신들을 불러 모아 대책을 세우기 시작했다.

대신들은 아사르하돈의 군사가 쳐들어올 때까지 기다리지 말고 먼저 공격해야 한다고 이구동성으로 주장했다. 이번에는 라이레도 그들의 의견에 동의했다.

라이레는 직접 군대를 지휘하여 원정길에 올랐다.

아사르하돈을 무찌르기 위한 행군은 일주일 동안 계속되었다. 라이레는 모든 군사를 한 명 한 명 만나며 그들의 사기를 북돋았다.

원정을 시작한 지 여드레가 되기도 전에 그의 군대는 큰 강기슭의 골짜기에서 아사르하돈 군대와 맞닥뜨리고 말았다. 적은 개미떼처럼 몰려와 골짜기를 에워싸고 라이레의 군대를 공격했다. 하지만 라이레의 군대도 용감하게 적과 맞섰고, 아사르하돈이었던 라이레도 마차를 타고 전장의 한가운데로 들어가 아사르하돈의 군대를 무찔렀다.

그러나 라이레의 군대는 수백 명에 지나지 않았기 때문에 수천 군사를 둔 아사르하돈에게 무참히 패배할 수밖에 없었다. 라이레와 그의 군대는 아사르하돈의 포로가 되어 끌려가는 신세가 되었다. 열흘째가 되던 날, 라이레 일행은 니네비아에 도착했고 그 길로 감옥에 갇히고 말았다.

라이레는 굶주림과 상처에 의한 고통보다도 수치심과 무력감을 이기지 못해 괴로웠다. 그는 자신을 모든 악독한 상황을 앞에 두고도 아무것도 할 수 없는 무능력한 왕이라고 자책했다.

그가 할 수 있는 일이라고는 고작 자신의 고통을 보는 기쁨을 적에게 주지 않는 것뿐이었다. 그래서 라이레는 자신에게 일어나는 어떤 일에도 고통스러워하지 않고 굳건히 견뎌 내리라 다짐했다.

라이레는 그로부터 스무날 동안이나 감옥에 갇혀 있었다. 그에게는 아직 형이 집행되지 않았다. 그러나 그는 자기의 가족과 친구들, 부하들이 형벌을 받으러 끌려가는 모습을 지켜보아야 했다. 그들은 손발이 잘리기도 하고, 산 채로 가죽이 벗겨지기도 하는 끔찍한 고문을 받으며 절규했다.

하지만 라이레는 그들의 얼굴을 보면서도, 그들의 비명을 들으면서도 두려워하거나 슬퍼하는 기색을 절대 내비치지 않았다.

심지어 그는 사랑하는 아내가 끌려가면서 채찍질 당하는 모습까지 바라보아야 했다. 그의 아름다운 아내는 아사르하돈의 노예가 되고 말았다. 그런데도 그는 아무 내색도 하지 않고 모든 것을 잘 견뎌 냈다.

그리고 며칠 후, 두 간수가 들어와 가죽끈으로 그의 두 손을 묶더니 아직도 피비린내가 진동하는 형장으로 끌고 갔다.

라이레는 그곳에서 피투성이가 된 날카로운 말뚝을 발견했다. 그것은 지금 막 세상을 떠난 친구의 몸에서 빼낸 것이었으며, 이제 자신의 몸에 박힐 것임이 틀림없었다.

그들은 라이레의 옷을 벗기기 시작했다. 건장하고 아름다웠던 라이레의 몸은 어느새 비쩍 마르고 볼품없는 몸으로 변해 있었다. 그는 지난날의 치욕이 떠올라 몸을 부르르 떨었다.

두 간수가 마른 그의 팔을 붙들어 날카로운 말뚝 위에 올려놓았다.

'아, 이제 정말 죽는구나! 모든 게 끝이구나!'

마지막 순간까지 의연하려 다짐했지만 죽음 앞에 마주 선 라이레는 그 다짐을 지킬 수 없었다. 그는 울부짖으며 기도하기 시작했다. 그러나 그의 목소리에 귀 기울이는 사람은 아무도 없었다.

'이럴 수는 없어. 난 잠을 자고 있는 게 분명해. 이건

꿈이야. 내가 라이레일 리가 없어!'

그는 계속해서 깨어나려고 발버둥 쳤고, 결국 눈을 떴다. 그런데 깨고 보니 자신은 아사르하돈도 라이레도 아닌 어떤 동물이었다. 그는 자신이 동물이었다는 사실에 놀랐고, 이전에 그 사실을 몰랐다는 것에 또 한 번 놀랐다.

그의 주변에는 다리가 길고 등에는 줄무늬가 있는 암회색 새끼 당나귀가 뛰놀고 있었다. 그 새끼 당나귀는 빠르게 그에게로 달려왔다. 그러고는 작고 보드라운 입을 그의 배로 가져갔다. 젖꼭지를 찾던 새끼 당나귀는 이내 잠잠해지더니 규칙적으로 젖을 삼켰다. 아사르하돈은 자신이 어미 당나귀라는 것을 깨달았다. 그는 이 사실에 놀라지도, 슬프지도 않았고, 이는 오히려 그를 기쁘게 했다. 자신과 자신의 새끼가 함께 존재한다는 사실에 충족감을 느꼈다.

그런데 갑자기 무엇인가가 휙휙 소리를 내며 날아와 그의 옆구리를 찔렀고, 그것의 날카로운 끝이 살을 파고들었다. 그 순간 당나귀였던 아사르하돈은 타는 듯한 통증을 느끼며 자신의 젖에서 새끼 당나귀의 이빨을 억지로 떼어 냈다. 그리고 그가 벗어났던 당나귀 무리 쪽으로 질주했다. 새끼 당나귀도 그를 놓치지 않고 옆에서 달리기 시작했다.

이미 달아나기 시작한 당나귀 무리에 두 당나귀가 도착했을 때, 또 다른 화살이 매우 빠르게 날아와 새끼의 목에 꽂혔다. 화살은 새끼 당나귀의 살 속 깊이 꽂힌 채 흔들렸다. 새끼 당나귀는 애처롭게 울부짖다가 풀썩 쓰러졌다. 아사르하돈은 새끼 당나귀를 버릴 수가 없어 곁에 서 있었다. 새끼 당나귀는 길고 가는 다리로 당장에라도 무너질 듯 휘청이며 일어났으나 다시 쓰러지고 말았다. 그때 다리가 두 개 달린 두려운 존재, 인간이 달려와 새끼 당나귀의 목을 베었다.

'이럴 수는 없어. 이건 꿈이야.'

그는 이런 생각을 하며 깨기 위해 죽을힘을 다했다.

"난 라이레도 아니고 당나귀도 아니야! 난 아시리아의 왕 아사르하돈이라구!"

아사르하돈은 소리를 지름과 동시에 물통에서 고개를 쳐들었다. 그 옆에는 흰 수염을 길게 늘어뜨린 노인이 그의 머리 위에 물을 부으며 서 있었다.

"아아, 얼마나 괴로웠던가! 꽤 긴 시간이었다……."

아사르하돈이 이렇게 중얼거리자 노인이 말했다.

"긴 시간이었다고요? 당신은 지금 막 물통에 머리를 댔을 뿐이오. 그리고 당신은 얼마 지나지 않아 바로 고개를 들었지요. 이 바가지를 보시오. 아직도 물을 다 끼얹지 못했잖소. 이제 모든 것을 알겠소?"

아사르하돈은 아무 말도 할 수가 없었다. 그저 두려움에 떨면서 노인을 바라볼 뿐이었다.

"이제 알았을 거요. 라이레는 바로 당신이고, 당신이 죽인 군사들 또한 당신이라는 것을 말이오. 군사뿐 아니라 당신이 사냥해 먹은 그 짐승들도 당신 자신이었단 말이오.

당신은 생명이 오직 당신에게만 있다고 생각했겠지. 하지만 내가 당신의 허위를 벗기는 순간, 다른 사람들에게 저지른 악행이 실은 당신 자신에게 했던 것임을 이제 알았을 거요.

생명은 만물 가운데 오직 하나뿐이오. 당신은 다만 생명 일부를 가지고 있는 것에 불과하오. 당신은 이 유일한 생명 일부를 좋게 대하기도 하고, 때로는 나쁘게 대하기도 하고, 크거나 작게 하기도 하오. 자신 안의 생명을 좋게 대한다는 것은, 자신의 생명을 다른 사람과 나누어 가지는 것이며, 다른 존재를 자기 자신처럼 여겨 아끼고 사랑함으로써 이룰 수 있는 것이오.

다른 존재의 생명을 멸하는 것은 당신의 권한이 아니오. 당신 손으로 죽인 생명은 눈에서는 보이지 않을지 몰라도 결코 멸망해서 없어진 것이 아니라오. 당신은 자신의 생명은 연장하고 남의 생명은 단축하려고 하지만 그것은 당신이 할 수 있는 일이 아니란 말이오. 생명은 때도 없고 장소도 없소. 생명은 순간이자 찰나요. 생명은 수천 년이며 수만 년이오.

당신의 생명은 모든 이의 눈에 보이지만 보이지 않는 존재의 생명 역시 평등하긴 마찬가지오. 생명이란 멸할 수도 없고 바꿀 수도 없소. 그것은 오직 하나이기 때문이오. 그 이외의 만물은 우리에게 있는 것 같지만 사실은 우리의 것이 아니라오."

이야기를 마친 노인은 유령처럼 홀연히 사라져 버렸다.

다음 날 아침, 아사드하돈 왕은 리이레를 비롯한 무

든 포로를 풀어 주라고 명령하고 고문과 처형도 즉시 중지시켰다.

그는 아들 아슈르바니팔에게 자신의 왕국을 물려준 뒤, 새로운 깨달음을 얻고자 황야로 들어가 자취를 감췄다.

그리고 얼마 후, 한 순례자가 온 마을을 두루두루 찾아다니기 시작했다. 순례자가 된 아사르하돈이 전하는 말은 온 세상으로 전해졌다.

생명은 하나입니다. 당신이 다른 사람에게 하는 모든 행위는 바로 당신 자신에게 하는 것과 같다는 사실을 기억하십시오.

달걀만 한 씨앗

어느 날, 시골의 어린아이들이 골짜기에서 놀다가 가운데에 줄이 그어진 달걀만 한 크기의 씨앗 같이 생긴 것을 발견했다. 마침 그곳을 지나가던 한 사람이 그 물건을 보고 신기하게 여겨 5코페이카를 주고 그것을 샀다. 그는 그것을 도시로 가지고 와 귀한 물건이라며 황제에게 예물로 바쳤다.

황제는 여러 학자를 불러 모아 놓고 이것이 대체 어떤 물건인지, 달걀인지 혹은 씨앗인지 알아보라고 명령했다. 학자들은 머리를 맞대고 생각에 생각을 거듭했지만, 도대체 그것이 무엇인지 정체를 알 수가 없었다. 어느 누구도 시원하게 대답해 주는 사람이 없었다.

그러던 중 갑자기 암탉 한 마리가 날아 들어와 창문 위에 놓여 있던 그것을 쪼아 구멍을 내고 말았다. 그 바람에 모두 그것이 씨앗이라는 것을 알게 되었다.

학자들은 당장 황제에게 달려가 보고했다.

"이것은 호밀의 씨앗인 것 같습니다."

달걀만 한 크기의 씨앗이라는 말에 깜짝 놀란 황제는 다시 학자들에게 이 씨앗이 언제, 어디서 생겼는지 알아보라고 명령했다. 학자들은 또다시 곰곰이 생각하며 온갖 책을 다 뒤져 봤지만 아무 단서도 찾아낼 수 없었다.

그들은 다시 황제에게 가서 고했다.

"저희의 책에는 이것에 관한 내용이 전혀 없어 대답할 수가 없사옵니다. 농부들에게 한번 물어봐야 할 것 같습니다. 늙은 농부 중에는 누가, 언제, 어디서 이런 씨앗을 뿌렸는지 아는 이가 있을 수도 있으니까요."

그 말을 들은 황제는 신하들에게 늙은 농부 한 사람을 데려오라고 명령했다.

신하들은 늙은 농부를 찾아 황제에게 데려왔다. 그

농부는 이도 다 빠지고 얼굴도 다 쪼그라진 늙은이였다. 그는 지팡이를 두 개나 짚고서야 간신히 궁에 들어설 수 있었다.

황제는 그에게 씨앗을 보였다. 그러나 늙은 농부는 벌써 눈이 어두워졌기에 씨앗의 절반은 눈으로 살펴보고 나머지 절반은 손으로 더듬어야 했다.

황제가 그에게 물었다.

"여보게, 그대는 이 씨앗이 어디에서 생겼는지 아는가? 혹시 그대 밭에 이런 곡식을 심은 적이 있거나 농사를 지을 때 이런 씨앗을 산 적이 있는가?"

늙은 농부는 귀도 어두워 간신히 말을 알아들었고 겨우겨우 이해했다. 그는 가까스로 입을 열었다.

"저는 밭에 이런 곡식을 심은 일도 없고, 거두어들이거나 사들인 적도 없습니다. 제가 곡식을 사던 시절에는 씨앗들이 모두 이것보다 작았습니다. 물론 지금도 그렇지만 말입니다. 저의 아버지에게 물어보는 것이 좋겠습니다. 어쩌면 아버지는 어디서 이런 씨앗이 생겼는지 알지도 모릅니다."

황제는 다시 이 늙은 농부의 아버지에게 사람을 보

내 그를 데려오라고 명령했고, 신하들은 그의 아버지를 황제 앞으로 데려왔다. 이 영감 역시 쪼글쪼글하게 늙었긴 하나, 그는 아들과 달리 지팡이를 하나만 짚고 들어섰다.

황제는 그에게도 씨앗을 보여주었다. 그 노인은 아직 시력이 남아 있어 어떤 물건인지 금방 알아보았다.

황제가 그에게 물었다.

"여보게, 그대는 이 씨앗이 어디에서 생겼는지 아는가? 혹시 그대 밭에 이런 곡식을 심은 적이 있거나 농사를 지을 때 이런 씨앗을 산 적이 있는가?"

이 노인은 귀가 다소 어둡긴 했지만 그래도 자기 아들보다는 말을 더 잘 알아듣는 편이었다.

"없습니다."

그가 대답했다.

"저는 밭에 이런 씨앗을 뿌린 일도 없고, 거두어들이거나 사들인 적도 없습니다. 왜냐하면, 제가 농사를 지을 때에는 돈이라는 것이 없었기 때문입니다. 사람들은 모두 자신이 거두어들인 양식을 먹고 살았습니다. 그리고 양식이 모자라면 서로 나누어 먹었습니다. 그래서 저는 이런 씨앗이 어디서 생겼는지 모릅니다.

또한, 제가 농사를 지을 때는 씨앗이 요즘 것보다 더 크고 많긴 했습니다만, 그래도 이런 씨앗은 본 적이 없습니다. 다만 이것은 저의 부친한테 들은 이야기입니다만, 부친이 농사를 짓던 시절에는 제가 농사를 짓던 때보다 생산량이 많고 씨앗도 한결 더 굵었다고 합니다. 그러니 저의 부친에게 물어보는 것이 좋겠습니다."

이 노인의 말을 들은 황제는 그의 아버지를 데려오기 위해 다시 신하들을 보냈다.

얼마 후 황제 앞에 나타난 노인의 아버지는 지팡이도 짚지 않은 채 걸어왔다. 걸음걸이도 가볍고, 눈도 밝고, 귀도 잘 들렸으며, 목소리도 또렷했다.

황제는 이 노인에게 다시 그 씨앗을 보여 주었다. 그러자 노인은 그것을 이리저리 만지면서 자세히 뜯어보더니 말했다.

"이렇게 오래된 곡식은 참으로 오랜만에 봅니다."

노인은 씨앗을 물어뜯더니 입에 넣고 자근자근 깨물며 맛보았다.

"호밀 씨앗입니다. 그때와 똑같군요!"

노인이 말했다.

"그때라니? 여보게, 어디 한번 말해 보게. 어디에서 이런 씨앗이 생겼는가? 혹시 그대 밭에 이런 곡식을 심은 적이 있거나 농사를 지을 때 이런 씨앗을 산 적이 있는가?"

그러자 노인이 대답했다.

"물론입니다. 제가 농사를 짓던 시절에는 어디에서나 이런 곡식이 자라고 있었습니다. 저 역시 평생 이런 곡식을 먹어 왔으며 다른 사람들도 먹여 살렸습니다."

그러자 황제가 다시 물었다.

"그럼, 여보게, 어디 말해 보게. 그대는 이런 씨앗을 어디에서 구했는가? 그대 자신이 직접 밭에 뿌렸는가?"

노인이 빙그레 웃으며 대답했다.

"제가 농사를 짓던 시절에는 누구도 씨앗을 사거나 파는 죄악을 저지르지 않았습니다. 돈이라는 것은 알지도 못했지요. 누구에게나 풍족한 곡식이 있었으니까요. 저는 이런 곡식을 직접 심기도 하고 거두어들이기도 하고 타작하기도 했습니다."

황제는 다시 한 번 물었다.

"여보게, 어디 한번 말해 보게. 그대는 어디서 이런 곡식을 심었고, 어디에 그대의 밭이 있었는가?"

노인은 대답했다.

"저의 밭은 하나님의 땅이었을 뿐입니다. 어디든 쟁기질을 한 바로 그곳이 저의 밭이었습니다. 땅은 자유였습니다. 제 소유의 땅이라는 건 없었습니다. 제 것이라고 할 수 있었던 건 오직 제가 지닌 노동뿐이었습니다."

"그럼, 두 가지만 더 말해 보게. 첫째, 옛날에는 이런 씨앗이 많았는데 무엇 때문에 지금은 생기지 않는가? 둘째, 그대의 손자는 두 개의 지팡이를 짚었고 그대의 아들도 지팡이 하나를 짚고 왔는데, 그대는 어찌하여 그렇게 가뿐하게 걸을 수 있는가? 눈도 밝고, 이도 실하고, 말도 또렷이 하고 상냥해 보이니 도대체 어찌 된 영문인가?"

그러자 노인이 이렇게 대답했다.

"그것은 세상 사람들이 스스로 일해서 자신의 힘으로 살아가지 않고 남의 것을 넘보며 살기 때문입니다. 그러니 옛날 사람들은 그렇게 살지 않았습니다. 옛날 사람들은 하나님의 뜻에 따라 자기 것을 가지고 만족했을 뿐, 남의 것을 탐내지 않았습니다."

어른보다 슬기로운 소녀들

부활절이 얼마 남지 않은 이른 봄이었다. 썰매만 타고 다니지 않았을 뿐 산과 들에는 아직도 눈이 남아 있었고, 마을에는 군데군데 눈이 녹아 흐르고 있었다. 두 채의 집 사이에 있는 빈터에는 얼었던 거름 더미가 녹으면서 흘러내린 물이 고여 커다란 웅덩이를 이루었다.

그 웅덩이 옆에 있는 두 집에서 두 소녀가 나왔다. 한 아이는 어렸고, 한 아이는 그보다 약간 위인 듯했다. 두 아이는 모두 어머니가 만들어 준 새 사라판(러시아 농촌에서 입는 여성용 전통 의상)을 입고 있었다. 작은 소녀의 옷은 하늘색이었고, 큰 소녀의 옷은 꽃무늬가 수놓인 노란색이었으며, 두 아이 모두 빨간 머릿수건을 둘렀다.

두 아이는 기도를 드리고 난 뒤 서로 자기가 입은 새 옷을 자랑하며 놀기 시작했다.

한참을 재미있게 놀던 아이들은 갑자기 웅덩이에서 물장난을 치고 싶어졌다. 작은 소녀가 구두를 신은 채 웅덩이로 들어가려 하자 큰 아이가 이렇게 말했다.

"들어가면 안 돼, 마라샤! 엄마한테 야단맞는단 말이야. 나는 구두를 벗고 들어갈 테니 너도 구두를 벗어."

두 소녀는 구두를 벗고 치마를 잔뜩 말아 올린 뒤, 웅덩이 양 끝에서부터 서로 마주 보며 웅덩이 속으로 들어가기 시작했다.

발목까지 물에 잠기자 마라샤가 말했다.

"꽤 깊은데? 아쿨카, 난 무서워."

"괜찮아. 그렇게 깊지 않을 거야. 이쪽으로 건너와!"

둘은 점점 서로에게 가까이 다가가기 시작했다.

아쿨카가 말했다.

"마라샤, 조심해서 걸어와. 물이 튀지 않게."

그 순간, 마라샤가 발을 헛디디는 바람에 아쿨카의 새 사라판에 온통 흙탕물이 튀고 말았다. 옷은 더러워졌고, 코에도 눈에도 흙탕물이 잔뜩 튀었다.

아쿨카는 사라판에 흙탕물이 튄 것을 보더니 마라샤에게 화를 내고 욕을 하기 시작했다. 그러고는 무섭게 그녀에게 달려들었다. 깜짝 놀란 마라샤는 자신이 크게 잘못했다는 것을 깨닫고 웅덩이에서 뛰쳐나와 집으로 달아나기 시작했다.

바로 그때, 아쿨카의 어머니가 그 옆을 지나가다가 딸아이의 사라판이 물에 젖어 셔츠까지 더러워진 것을 보았다.

"너 왜 이렇게 됐니?"

"마라샤 때문이에요. 저에게 일부러 흙탕물을 뿌렸어요!"

그 말을 들은 아쿨카의 어머니는 도망치던 마라샤를 붙들고 목덜미를 철썩 때렸다. 그러자 마라샤는 온 거리가 떠나갈 듯이 울기 시작했다.

그 소리를 들은 마라샤 어머니가 냉큼 뛰어나왔다.

"무슨 일로 우리 아이를 때리는 거예요?"

마라샤의 어머니가 아쿨카의 어머니에게 무섭게 대들었고 거친 말이 오갔다. 두 여자는 서로 지지 않고 욕설을 퍼부었다.

남자들까지 뛰어나와 거리에는 금방 많은 사람이 모였고, 모두 자기 나름대로 떠들어 대는 통에 아무도 다른 사람이 하는 말을 알아들을 수 없었다. 자칫하다가는 모두 맞붙어 치고받는 몸싸움이 벌어질 지경이었다.

그때 아쿨카의 할머니가 남자들 사이를 비집고 무리의 가운데로 들어서서 두 사람을 타이르기 시작했다.

"도대체 왜들 이러는 거요? 오늘이 무슨 날이지요? 곧 서로 기쁨을 나누는 부활절인데 이렇게 싸움을 벌이며 죄를 짓다니!"

그러나 아무도 할머니의 말에 귀를 기울이려 하지 않았다. 오히려 금방이라도 서로 후려칠 듯 사태는 더욱 험악해졌다. 아쿨카와 마라샤가 아니었다면 할머니가 아무리 애를 써도 싸움을 말릴 수 없었을 것이다.

여자들이 서로 헐뜯는 동안 아쿨카는 자신의 옷에서 진흙을 털어내고 다시 웅덩이로 돌아갔다. 그러고는 돌을 하나 집어 웅덩이 앞쪽에 땅을 파기 시작했다. 웅덩이에 고여 있는 물이 거리로 흘러갈 수 있는 수로를 만들기 위해서였다. 곧 말라샤도 작은 나무토막을 이용해 수로를 파는 일을 돕기 시작했다.

남자들도 막 싸우기 시작할 때였다. 소녀들이 만든 수로를 통해 웅덩이의 물이 할머니가 어른들을 진정시키려 애쓰고 있는 거리로 흘러내려 가고 있었다. 소녀들은 작은 개울을 사이에 두고 물줄기를 따라 거리로 내려왔다.

"말라샤, 잡아! 잡아!"

아쿨카는 외쳤고, 말라샤는 까르르 웃느라 말도 하지 못했다. 이렇게 두 소녀는 함께 달리면서 나무토막이 물길을 따라 흔들거리며 떠내려가는 것을 보고 즐겁게 웃었다. 그러다가 갑자기 어른들 사이로 뛰어들었다.

그것을 본 할머니가 싸우고 있는 사람들에게 말했다.

"여보게, 자네들은 하나님을 두려워할 줄 알아야 하네. 어른이면서도 이렇게 아이들 일로 싸움을 하고 있으니 말일세. 아이들은 벌써 깨끗이 잊어버리고 저렇게 사이좋게 놀고 있잖나. 저 두 아이들이 자네들보다 훨씬 현명하구먼."

어른들은 두 소녀 앞에서 문득 창피해졌다. 그들은 자신의 어처구니없었던 행동을 부끄러워하며 각자 제 집으로 돌아갔다. 모두 밝은 미소를 지으면서 말이다.

> 이르시되 진실로 너희에게 이르노니
> 너희가 돌이켜 어린아이들과 같이 되지 아니하면
> 결단코 천국에 들어가지 못하리라.
>
> \- 마태복음 18장 3절

촛불

"'눈은 눈으로, 이는 이로'라고 하신 말씀을 너희는 들었다. 그러나 나는 이렇게 말한다. 앙갚음하지 말라."

-마태복음, 5장 38~39절

아직 농노가 해방되지 않았을 때*의 이야기이다. 그 무렵에는 지주 중에도 별의별 사람이 다 있었다. 자신도 언젠가는 죽는다는 것을 잊지 않고 하나님을 공경하고 농노를 불쌍히 생각하는 사람이 있는가 하면, 성

* 1861년 알렉산더 2세에 의해 농노가 해방되기 전

품이 정말 형편없는 사람도 있었다.

그중에서도 농노 출신이었다가 어느 날 갑자기 개천에서 용 난 것처럼 귀족의 대열에 낀 지주들만큼 나쁜 자도 있었다. 그런 사람들 때문에 농민들은 더욱 비참한 생활을 했다.

농민들은 부역에 어려움을 겪긴 했지만 땅은 충분히 넓고 기름졌다. 게다가 물이며, 풀밭이며 숲, 모든 것이 다 남아돌 정도로 아무 문제가 없었다. 그런데 지주는 다른 영지에서 일하는 농노를 그 영역에 마름으로 앉혔다. 권력을 쥐게 된 마름은 농민들을 괴롭히기 시작했다. 한 가정의 가장으로 아내와 출가한 딸이 둘이나 되고, 돈도 상당히 벌어서 인정 없이 굴지 않아도 편히 살아갈 수 있는데, 욕심이 너무 과하다 보니 나쁜 길로 빠진 것이다.

마름은 농부들에게 정해진 날짜 이상으로 일을 시켰다. 남녀 할 것 없이 벽돌 공장을 세워 끌어다가 일을 시키고, 게다가 생산된 벽돌을 팔아먹기까지 했다. 농부들은 모스크바에 있는 지주에게 직접 찾아가 마름의 행동에 대한 억울한 사정을 하소연했으나 뜻대로 되지 않았다. 지주는 농부들만 쫓아낼 뿐, 마름의 권력을 빼앗으려고 하지 않았다.

마름은 농부들이 지주에게 호소하러 간 사실을 알고 앙갚음하기 시작했다. 그 때문에 농부들의 생활은 더욱 궁핍하게 되었다. 게다가 농부 중에는 못된 자들까지 있어서 동료의 일을 마름에게 일러바쳐서 서로 구렁텅이에 빠뜨리기도 했다. 농부들은 서로 믿지 못하게 되고 한데 힘을 모으기 어려웠다. 마름의 횡포는 날이 갈수록 심해졌고 결국 농부들은 마름을 사나운 짐승보다 더 무서운 존재로 여겼다. 마름이 마차를 타고 마을을 지나갈 때, '놈들이 나를 무서워한단 말이야' 하며 더욱 화를 냈다. 게다가 농민들을 때리거나 더 힘든 일을 시켜 괴롭혔다. 농민들의 고통은 말로 표현할 수 없을 정도였다.

그 무렵, 농부들이 그런 좋지 못한 사람들을 슬쩍 죽여 버리는 일도 자주 있었다. 어느 날 마을 농부들은 으슥한 곳에 모여 그런 의논을 하기 시작했다. 그중에서 용기 있는 농민이 먼저 말을 꺼냈다.

"도대체 우리는 언제까지 저 악당을 내버려 둬야 하

나? 어차피 죽기는 매한가지니 저런 놈은 차라리 죽여 버리자."

그러던 중, 부활절 전날에 농부들이 숲 속에 모였다. 마름이 지주의 숲을 말끔히 손질하라고 지시했기 때문이었다. 점심을 먹으려고 다시 모였을 때 의논이 시작되었다.

"이래서야 우리가 어떻게 살겠나?"

한 사람이 말했다.

"저놈이 우리를 통째로 말려 죽일 작정인가 봐. 일에 치여 죽을 지경인데 남자고 여자고 밤낮으로 쉴 틈 없이 일을 주잖아. 게다가 조금이라도 제 마음에 들지 않으면 무조건 두들겨 패질 않나. 얼마 전에 죽은 시몬도 얻어맞아 죽었고, 아니심은 족쇄에 채워져 곤욕을 치렀지. 도대체 우리가 무엇을 더 기다리겠나? 오늘 저녁 여기 와서 또 몹쓸 짓을 하게 되면 놈을 말에서 끌어내려 도끼로 한 번만 내리치면 그걸로 끝날 것이란 말일세. 그다음엔 어딘가에 개처럼 묻어 버리면 들킬 이유가 없지. 한 가지 중요한 것은 우리 모두 한마음으로 비밀을 누설하지 않기로 약속해야 한다는 거야!"

바실리 미나예프가 나서서 말했다. 그는 누구보다도 더 마름을 미워하고 있었다. 마름은 일주일이 멀다 하고 그를 때리는가 하면 그의 아내마저 빼앗아 자기 집 하녀로 만들어 버렸다.

저녁이 되자 마름이 말을 타고 도착해 이번에는 나무를 베는 방식이 틀렸다면서 큰 소리로 야단을 쳤다. 그는 잘라 놓은 나뭇더미 속에서 보리수 한 그루를 발견했다.

"보리수는 베라고 하지 않았는데 누가 베었나? 어서 말하지 못할까! 말하지 않으면 모조리 두들겨 패 줄 테다!"

누군가가 시도르가 맡은 구역이라며 그를 가리켰다. 마름은 시도르의 얼굴이 피범벅이 되도록 때렸다. 마름은 바실리도 나무를 적게 베었다고 가죽 채찍으로 실컷 두들겨 팬 다음에 제 집으로 돌아가 버렸다.

그날 밤 다시 농부들이 모였다. 바실리가 입을 열었다.

"어이, 여보게들, 당신들도 사람이오? 날짐승만도 못한 것 같으니! '헤치우지, 헤치우지.' 입으로만 떠들면서 막상 일이 코앞에 닥치면 다들 잔뜩 움츠린 참새들 같단 말이야. '배반해서는 안 된다, 안 된다, 해치우자, 해치우자!' 하면서 막상 매가 날아오면 모두 풀숲으로 흩어져 버리니…….

그러니까 매는 자기가 노린 먹이를 낚아채 족치는 것 아니오. 매가 날아가고 나서야 참새들이 다시 나와 한 마리가 모자란다고 짹짹거리며 '대체 누가 없어졌지? 바니카구나. 아아, 그놈은 그런 꼴을 당할 만하지. 그만한 까닭이 있을 거야' 하는 식으로 말이오.

당신네들이 꼭 그렇소. 배신하지 않겠다고 했으면 배신하지 말아야지! 놈이 시도르에게 손찌검을 했을 때 당신들은 한 덩어리가 되어 마름 놈을 가만두지 않았어야 했단 말이오. '배반해서는 안 된다, 안 된다, 해치우자, 해치우자'라고 하다가도 매가 날아들면 풀숲으로 도망쳐 버리니."

농부들은 다시 의논을 한 뒤에 마침내 마름을 죽이기로 결정 했다. 마름은 부활절이 시작되면 농부들에게 지시를 내려 귀리 씨를 뿌리기 전에 지주의 밭을 갈아야 한다고 명령했다. 농부들은 자기네들을 모욕하는 것이라고 생각하면서 바실리의 집 뒤쪽에 모여 다시 의논하기 시작했다.

"마름 놈이 하늘 무서운 줄 모르고 이런 짓을 거리낌 없이 하려 들다니 아주 때려 죽여야만 해. 어차피 언젠가는 죽을 목숨이니 말이야!"

농부들은 이렇게 말했다.

그때 표트르 미헤예프가 왔다. 그는 온화한 사람으로 지금까지 농부들의 모임에 한 번도 나온 일이 없었다. 이날 처음으로 나와 그들의 대화를 듣고 말했다.

"여러분들은 정말 엄청난 죄를 저지를 생각을 하고 있군요. 사람을 죽인다는 것은 정말 큰 죄악이란 말이오. 남의 목숨을 하나 없애기야 쉬울 수도 있겠지만 사람을 죽인 자신의 영혼은 어떻게 될 것 같습니까? 놈이 나쁜 짓을 한다면 굳이 손을 쓰지 않더라도 벌을 받을 것이오. 그러니 여러분, 부디 참아야 합니다."

그 말을 들은 바실리는 울컥 화가 치밀었다.

"뭐야, 처음으로 얼굴을 내밀더니 잘난 척하기는. 사람을 죽이는 건 죄지. 죄인지 알고 있지만 그놈은 반드시 죽이고야 말 거야. 그놈도 인간인가? 착한 사람을 죽이는 건 큰 죄가 되겠지만, 그런 개 같은 놈을 죽이는 건 하나님의 분부나 다름없어. 인간을 불쌍하게 여긴다면 미친개는 죽어야만 해.

만일 죽이지 않으면 더 큰 죄를 짓게 될 뿐이야. 놈이 사람들을 때리는 생각만 하면 이가 다 갈려. 우리가 마름 놈을 죽이는 것은 다른 사람들을 위해서야. 분명 모두들 고마워할 거야. 그런 걸 우리가 안 되어 보인다는 둥, 어떻다는 둥 하며 결단을 내리지 못한다면 놈은 우리를 모조리 패 죽이고 말 거야. 자네는 말도 안 되는 이야기를 하고 있어, 미헤예프. 자넨 도대체 뭔가? 그럼, 그리스도의 축제일에 일하러 가는 편이 죄가 덜 된다는 말인가? 그렇게 말하는 자네부터 일하러 가지 않을 걸세!"

"안 가긴 왜 안 가겠나? 밭을 갈라고 하면 갈아야지. 그게 내가 가고 싶다면 가고, 그렇지 않다면 안 가는 게 아니지 않던가. 누가 나쁜지는 하나님께서 모두 알고 계신다네. 우린 다만 하나님을 잊어버리지 말아야 하는 걸세. 여보게들, 나는 말이지, 내 생각만을 이야기하고 있는 게 아닐세.

만일 악을 악으로 뿌리 뽑으라고 한다면 하나님께서 그와 같이 하실 테지만, 우리에게 가르치신 것은 그게 아니란 말일세. 우리가 악을 악으로 없애려고 하면 그 악은 반드시 우리 쪽으로 옮겨 온다네. 사람을 죽이는 건 쉬운 일일 수도 있지만, 그 피는 자신의 영혼에 달라붙게 될 걸세.

사람을 죽인다는 것은 자신의 영혼을 피투성이로 만드는 일이야. 그것은 결국 자신의 영혼을 더욱 나쁘게 하는 결과가 되는 것일세. 재난은 지고 들어가야 하네. 그러면 재난 쪽에서도 우리에게 져 줄 거란 말일세."

농부들은 의견이 각각 달라 선뜻 결정을 하지 못했다. 바실리처럼 생각하는 사람이 있는가 하면, 미헤예프처럼 죄를 짓지 말고 견디는 편이 좋다는 사람도 있기 때문이었다.

농부들이 부활제 전야 축하 행사를 끝마친 저녁 때, 반장이 이렇게 전했다. 마름인 미하일 세묘니치의 지시로 다음 날 농부 모두가 귀리 씨를 뿌릴 밭을 갈아야 한다고 알렸다. 반장과 서기는 온 마을을 돌아다니면서 그렇게 알렸다. 내일은 모든 농부가 밭에 나가 한 패는 개울 저쪽으로, 다른 한 패는 신작로에서부터 밭을 갈기 시작하라는 것이었다. 농부들은 울며 겨자 먹기로 그 명령에 따를 수밖에 없었다.

이튿날 아침, 농부들은 모두 쟁기와 삽을 들고 나가 밭을 갈기 시작했다. 교회에서는 아침 예배 시간을 알리는 종이 울리고, 여기저기서 축제일을 축하하고 있었지만 이곳 농부들만 밭을 갈아야 했다.

마름 미하일 세묘니치는 늦게 잠에서 깨어 밭을 둘러보러 나갔다. 마름의 아내도, 과부인 그의 딸도 옷을 곱게 차려입고 하인에게 마차를 준비시켜 축제일을 보내고 교회 예배에 참석한 후 돌아왔다. 미하일 세묘니치는 차를 실컷 마신 후에 담배 파이프의 연기를 내뿜으면서 반장을 불러 물었다.

"그래, 농부들을 모두 밭으로 내보냈겠지?"

"그럼요, 미하일 세묘니치 님."

"어때, 다들 나왔던가?"

"모두 나왔습니다. 제가 장소까지 지정해 주었습니다."

"장소를 정해 준 건 잘한 일인데, 제대로 일을 하고

있을까? 지금 가서 잘하는지 살펴보게. 그리고 점심때 내가 직접 나가 볼 테니 둘씩 한 3,000평씩 갈도록 일러두게! 아주 잘 갈도록 해야 하네! 만일 소홀한 점이 발견되면 축제일이라고 해도 용서하진 않을 걸세."

"잘 알겠습니다."

그렇게 말하고 나가는 반장을 마름이 다시 불렀다. 뭔가 할 말이 있는데 어떻게 해야 좋을지 몰라 곤란한 듯 머뭇거렸다. 한참을 망설이다가 마름이 말했다.

"다른 한 가지는 말이야, 그 도둑놈들이 내 말을 어떻게 하는지 자네가 슬쩍 들어 보게나. 누가 무슨 말을 하는지, 누가 무슨 욕을 하는지 모두 내게 알려 줘야 하네. 나는 그놈들을 아주 잘 알고 있다네. 일하기보다는 게으름만 피우고 놀기 좋아하는 놈들이니까 말이야. 먹고 마시고 놀기만 좋아하고, 밭을 갈 때를 놓치면 일을 망친다는 생각은 조금도 하지 않거든. 그러니 누가 뭐라고 하는지, 놈들이 지껄이는 말을 모조리 보고하라는 말이야. 나는 그것을 꼭 알아 둬야 하네. 자, 어서 가보게. 그리고 하나도 숨김없이 말해야 한다고, 알겠나?"

반장은 말을 타고 밭으로 갔다

마름의 아내는 남편이 반장과 이야기하는 것을 듣고 그만두는 것이 좋겠다고 간청을 했다. 마름의 아내는 마음이 온순하고 착한 여자였다. 그래서 되도록 남편의 마음을 가라앉혀 농부들을 감싸 주려고 했다.

"여보, 그리스도 대축제일이니 제발 죄스러운 일은 하지 말고 농부들을 쉬게 하세요!"

미하일 세묘니치는 아내의 말을 들으려 하지 않고 그냥 웃을 뿐이었다.

"한동안 따끔한 맛을 보여 주지 않았더니, 당신 많이 건방져졌군. 당신이 참견할 일이 아니야. 정말 건방지단 말이야."

"여보, 당신에 관한 꿈이 좋지 않아서요. 제발 오늘만은 농부들에게 일을 시키지 마세요!"

"안 된다니까 자꾸만 그러네. 맛있는 음식을 배불리 먹고 지내니까 채찍 맛을 잊은 모양이군. 당신도 조심해!"

미하일 세묘니치는 버럭 화를 내며 불이 남아 있는 파이프로 아내의 입을 쿡 찔러 식사 준비나 하라고 방에서 쫓아냈다. 그는 어묵과 고기만두, 돼지고기 수프,

통돼지구이를 우유에다 볶은 국수에 곁들여 먹고, 버찌로 빚은 술을 마셨다. 그리고 달콤한 케이크를 먹은 후에 하녀를 불러 노래를 부르게 하고, 자기도 기타를 잡고 노래에 맞춰 연주하기 시작했다.

미하일 세묘니치가 거나하게 취해 트림까지 하면서 하녀와 함께 실없이 웃으며 시시덕거리고 있을 때, 반장이 들어왔다. 반장은 허리를 굽히면서 인사하고 들에서 있었던 일을 보고하기 시작했다.

"그래 어떤가, 밭은 잘 갈고 있던가? 오늘 지정해 준 일은 다 마칠 수 있겠던가?"

"벌써 절반 이상 갈았습니다."

"잘못된 곳은 없던가?"

"그런 건 없었습니다. 모두 겁쟁이들이라 시키는 대로 아주 잘하고 있습니다."

"흙도 곱게 다지고?"

"아주 잘 다져서 곱디고운 겨자씨를 뿌려둔 것 같습니다."

"그래, 그런데 나에 대해선 뭐라고들 하던가? 욕을 하지 않던가?"

반장이 머뭇거리자, 마름은 사실대로 빠짐없이 털어놓으라고 다그치며 물었다.

"숨김없이 그대로 말하게! 괜스레 딴말로 꾸며 대지 말고 놈들이 말한 대로 모두 털어놓으란 말이야. 사실대로 말하면 상을 주겠지만, 놈들을 감쌌다간 매로 대신할 테니까 알아서 하게. 어이! 카츄사, 이 사람에게 보드카 한 잔 주게. 기운이 좀 나게 말일세."

하녀가 반장에게 술을 가져다주었다. 반장은 쭉 들이켠 다음에 입 언저리를 닦으며 생각했다.

'어차피 마찬가지야. 이 사람을 욕하는 게 내 탓은 아니니까. 그냥 들은 대로 말해 버리자.'

반장은 용기를 내어 말문을 열기 시작했다.

"모두들 불평을 하고 있었어요, 미하일 세묘니치 님. 아주 가만가만 말하더군요."

"그래, 뭐라고 하던가? 어서 말해 보게."

"한결같이 같은 말을 하고 있었습니다. 마름은 하나님을 섬기지 않는다고요."

마름은 웃음을 터뜨렸다.

"누가 그런 말을 하던가? 빠짐없이 말해 주게. 바실

리는 뭐라 하던가?"

반장은 동료들을 나쁘게 말하고 싶지 않았지만 바실리와는 전부터 사이가 좋지 않아 사실대로 말해 버렸다.

"바실리는 누구보다도 가장 많이 욕했습니다."

"대체 뭐라고 욕하던가? 어서 말해 보게."

"입에 담기조차 무서울 정도였습니다. '그놈은 틀림없이 고해성사도 못 받고 개처럼 죽을 거야' 라고 말했습니다."

"거참, 장하기도 하군! 그러면서 왜 진즉에 날 죽이지도 못하고 있는 거지? 아무래도 손이 전혀 돌아가지 않은 모양이지. 좋아, 좋아. 바실리. 네놈과는 당장에 계산을 치를 테니까. 그럼, 치슈카란 놈은? 그놈도 역시 뭐라고 했겠지?"

"네, 모두 나쁜 말만 했었습니다."

"그러니까 뭐라고 했느냔 말이야."

"입에 담기조차 더러운 말입니다."

"도대체 뭐가 더럽단 말인가? 겁낼 것 없으니 말해 보라니까!"

"그놈의 배가 툭 터져서 창자가 튀어나왔으면 좋겠다고 말했습니다."

미하일 세묘니치는 무슨 이유인지 껄껄 웃기만 했다.

"흥, 어느 쪽이 먼저 터질지 어디 두고 보자. 그건 누구였다고 했지? 치슈카였나?"

"네, 모두 좋은 말을 하지 않고 욕을 하거나 협박하는 투로 말했습니다."

"흠, 그래. 그러면 표트르 미헤예프는 어땠나? 그놈은 뭐라고 했지? 분명 그 빌어먹을 자식도 나를 욕했겠지?"

"아닙니다, 미하일 세묘니치 님. 미헤예프는 욕 같은 건 전혀 하지 않았습니다. 농부들 중에서 그 사람만은 아무 말도 하지 않았습니다. 좀 별난 놈이긴 하더군요. 저도 깜짝 놀랐습니다."

"도대체 뭐가 그렇게 놀라웠는가?"

"글쎄, 아주 뭐라 할 말이 없을 정도로 신기한 일을 했습니다. 제가 그의 곁으로 갔을 때 그는 쿠르킨 언덕의 비탈진 밭을 갈고 있었습니다. 더 가까이 가 보니 누군가의 노랫소리가 들려왔습니다. 아주 가늘고 고운 목소리였지요. 그런데 쟁기 손잡이 사이에서 뭔가 반짝이는 게 보였습니다."

"그래서?"

"작은 불빛 같아 보였습니다. 그래서 바짝 다가가 자세히 보니 교회에서 파는 5코페이카짜리 양초가 쟁기의 막대 위에 세워져 있지 뭡니까? 이상하게도 바람이 불어도 촛불은 꺼지질 않았습니다. 그는 새 외투를 입고 열심히 밭을 갈면서 부활절 노래를 부르고 있었습니다. 쟁기를 뒤집어 방향을 바꿔 확 잡아 당겨도 촛불은 꺼지지 않았습니다. 제가 보고 있는 앞에서 쟁기를 마구 밀어 대는데도 촛불은 여전히 꺼지지 않고 계속 타고 있었습니다."

"그래, 무슨 말은 없던가?"

"아무 말도 없었습니다. 그냥 저를 보더니 부활절 인사를 하고서 다시 노래를 부르기 시작했습니다."

"자넨 그 녀석에게 뭐라고 했나?"

"저도 아무 말하지 않았습니다. 그런데 그때 농부들이 몰려 와서 미헤예프는 부활절에 밭일을 했으니 아무리 기도를 드려도 죄를 용서받을 수 없다고 놀려 댔습니다."

"그래, 그 녀석은 뭐라고 대답하던가?"

"그 친구는 그저 '땅에는 평화, 사람에게는 선한 마음이 있을지어다' 라고 했을 뿐, 다시 쟁기를 잡고 말을 몰면서 가는 목소리로 노래를 불렀습니다. 하지만 촛불은 여전히 꺼지지 않고 계속 타고 있었습니다."

마름은 웃음을 멈췄다. 그리고 기타를 내려놓고 머리를 숙인 채 생각에 잠겼다. 잠시 앉아 있더니 하녀도 반장도 물러가게 하고 커튼 뒤로 들어가 침대 위에 벌러덩 눕더니 한숨을 쉬며 끙끙거렸다. 그것은 마치 곡식 단을 싣고 가는 짐수레 같은 힘겨운 소리였다. 그때 아내가 다가와 말을 걸었지만 아무 대답 없이 혼잣말로 중얼거릴 뿐이었다.

"그놈이 날 이겼어! 이번엔 내 차례가 되었군!"

아내가 타이르기 시작했다.

"여보, 지금이라도 당신이 가서 농부들을 돌려보내세요. 그렇게만 하면 아무 일 없을 거예요! 이제까지 더 심한 행동을 하고도 태연하더니 이번엔 왜 그렇게 겁을 내시는지 모르겠네요."

미하일 세묘니치는 계속 중얼거렸다.

"나는 이제 틀렸어. 그놈이 이겼어!"

아내는 더 큰 소리로 말했다.

"'그놈이 이겼다, 그놈이 이겼다.'고만 하시면 무슨 소용이 있어요? 그보다 어서 가서 농부들 일손을 멈추게 하고 돌려보내세요. 그럼 모든 일이 잘 해결될 거예요. 자, 어서 가세요. 제가 나가서 말에 안장을 매 놓으라고 하겠어요."

얼마 있다가 말이 끌려 나왔고, 마름의 아내는 남편을 타일러, 들에 나가 농부들을 집으로 돌려보내게 했다.

미하일 세묘니치는 말을 타고 들로 나갔다. 마을 어귀에 이르자 한 아낙이 마을 문을 열어 주었다. 사람들은 마름의 모습을 보기가 무섭게 어떤 사람은 뒤꼍으로, 어떤 사람은 집 모퉁이로, 어떤 사람은 채마밭으로 도망쳤다.

마름은 마을을 빠져나가는 문에 이르렀다. 문이 닫혀 있어 말에 오른 채로는 열 수 없었다.

"문 열어라, 문을 열란 말이다!"

문을 열라고 소리쳤지만 아무 대답도 없었다. 그는 말에서 내려 직접 문을 열고 다시 말을 타려고 발걸이에 한쪽 발을 걸고 몸을 올려 안장에 걸터앉으려는 순간, 뛰쳐나온 돼지에 놀라 말이 그만 울타리에 부딪혔다. 몸이 뚱뚱한 마름은 안장에서 몸을 가누지 못하고 말에서 떨어져 울타리에 강하게 부딪혔다. 그 울타리 한쪽 끝이 뾰족하고 길게 튀어나온 말뚝이 있었는데, 마름은 그만 그 말뚝 끝에 배가 꽂히고 말았다. 이것을 이겨 낼 장사는 없었다. 마름은 배가 찢어지면서 땅바닥에 털썩 떨어졌다.

농부들이 밭일을 마치고 돌아오는데 문 앞에서 말이 콧김을 내뿜으며 문 안으로 들어가려고 하지 않았다. 이상한 생각이 들어 주위를 살펴보니 미하일 세묘니치가 벌러덩 나자빠져 있었다. 두 팔은 좌우로 벌리고 눈은 부릅뜬 채 움직이지 않았으며, 창자는 터져서 땅바닥에 흘러나왔고, 피가 괴어 웅덩이처럼 되어 있었다.

농부들은 깜짝 놀라 뒷길로 말을 몰아 달아났다. 미헤예프만이 말에서 내려 마름 옆으로 다가가 그가 죽은 것을 보고 눈을 감겨 주고 짐수레에 말을 매어 아들과 함께 시체를 실은 다음 지주의 집으로 갔다. 지주는 모든 사정을 듣고 농부들에게 부역을 시키지 않고 소작료만 내도록 했다.

그제야 농부들은 하나님의 힘은 악한 일 가운데에 있지 않고, 선한 일 가운데에 있다는 것을 깨달았다.

| 작품 해설 |

인간의 영혼에 밝은 빛을 비추다!
거장 톨스토이가 전하는 소박하고도 고귀한 진리

톨스토이는 러시아가 낳은 세계적인 대문호이자 사상가이다. 귀족 출신으로 보수적인 환경에서 자랐지만 세속에 물들기를 거부하고 민중의 편에 서서 펜을 들었던 진보적인 작가이다. 특히 봉건주의의 폐습이었던 토지제 폐지를 강하게 주장하며 토지 개혁에 앞장섰던 점에서 그의 강직한 성품과 굳은 결심을 엿볼 수 있다.

톨스토이의 위대한 단편 소설 중에서도 가장 아름다운 작품들을 골라 엮었다. 러시아에서 구전된 전설이나 민담에 톨스토이가 추구하는 소박한 진리가 더해져 아름다운 작품이 탄생했다. 그의 성스러운 인품이

묻어나는 여덟 편의 이야기가 메마른 현대인의 영혼에 따뜻한 위로를 건넨다.

사람은 무엇으로 사는가

1881년에 집필을 시작하여 약 일 년에 걸쳐 완성한 작품으로, 톨스토이 단편 중 가장 뛰어난 역작으로 꼽힌다. 예로부터 전해 내려오는 민담을 소재로 삼았다. 가난한 구두 수선공과 천사를 등장시켜 민중에게 '사람의 마음에는 무엇이 있는가.' '사람에게 주어지지 않은 것은 무엇인가.' '사람은 무엇으로 사는가.'라는 질문에 자연스레 답하게 함으로써 교훈을 던진다.

사람에게는 얼마나 많은 땅이 필요한가

1886년 초, 톨스토이는 〈러시아의 부〉라는 잡지에 전통적 단편 몇 편을 게재하는데, 그중의 하나가 바로 이 작품이다. 가진 것에 만족하지 못하고 끝없이 욕망을 채우려다가 죽음을 맞는 파홈의 모습을 빌려 인간 본성에 자리한 탐욕을 들여다보고 반성하게 한다. 톨스토이가 강조했던 청빈의 삶이 잘 드러난 작품이다.

세 가지 질문

이 작품은 인간이 가져야 할 가장 기본적이면서도 중요한 삶의 방향을 제시하고 있다. 누구나 고민할 수 있는 기본적인 문제에 대한 해답을 만날 수 있으며 행복한 삶을 가꾸기 위해 무엇을 해야 할지 생각하게 한다.

작품 속에 등장하는 '왕'은 일을 시작할 때 알맞은 때와 귀를 기울여야 할 사람, 가장 중요한 일이 무엇인지 항상 안다면 좋겠다고 생각한다. 수많은 학자마다 생각하는 바를 듣지만 답을 구하지 못한 왕은 은사를 찾아가기로 한다. 왕은 그곳에서 우연히 상처 입은 남자를 만난다. 그리고 중요한 때는 '지금'이며, 필요한 사람은 '함께하는' 사람이고, 가장 중요한 일은 '함께 있는 이에게 선을 행하는 것'임을 깨닫는다.

에밀리안과 빈 북

1887년에 집필된 작품으로, 타인의 행복을 빼앗는 폭군과 그에 맞서는 민중의 모습을 그렸다. 최선을 다하는 사람은 하늘이 돕는다는 소박한 교훈을 담았다.

아시리아 왕 아사르하돈

내가 아닌 타인의 관점으로 세상을 바라보는 법을 가르친 작품으로, 1903년에 발표되었다. 피폐한 현대 사회에 필요한 것은 상대방의 처지에서 생각하고 이해하며 배려하는 정신임을 보여 준다.

달걀만 한 씨앗

러시아의 전설인 〈참새알만 한 씨앗〉에서 제목을 바꿔 개작한 것으로, 톨스토이의 막내아들이 세상을 떠난 1886년에 발표된 작품이다. 씨앗이라는 소재를 통해 노력하지 않고 남의 것을 탐하는 현대인의 모습을 고발한다. 짧은 이야기임에도 많은 것을 생각하고 느끼게 하는 톨스토이의 문학적 역량을 잘 드러낸 작품이다.

어른보다 슬기로운 소녀들

〈사랑이 있는 곳에 신도 있다〉를 발표한 1885년에 쓴 작품이다. 단편 중에서도 아주 짧은 소설로, 생활 속에서 흔히 만날 수 있는 소재와 순수한 아이들의 모습을 통해 교훈을 준다. 작품 말미에는 성경 구절을 인용하여 여운을 남긴다.

촛불

포악한 마름이 소작인들을 착취하자 소작인 몇 명은 그에게 앙갚음을 하려 한다. 그러나 소작인 중 미헤예프만이 반대한다. 그럼에도 마름에게 계속된 앙심을 품고 있던 바실리는 마름에게 자신의 의견을 반대했던 미헤예프를 이간질시킨다. 하지만 불운한 사고로 마름이 죽게 되자, 미헤예프만이 그의 시신을 거두어 준다.

작품은 인간의 기본적이지만 쉽게 지킬 수 없는 인간의 본성을 성찰하게 한다. '악을 악으로 갚지 말라'는 성경에 쓰인 말씀인 신앙 메시지를 전하며 독자에게 참회하는 기회를 제공한다.

책에 담긴 여덟 편의 단편은 완벽한 문장과 정확한 구성으로 민중의 공감대를 이룬 불멸의 역작이다. 톨스토이는 가난하고 배우지 못한 민중을 대상으로 도덕적 · 종교적 · 사회 교화적인 내용을 전하며 그들과 공감을 시도했다. 작품 하나하나에 담긴 톨스토이의 성품을 느끼는 순간, 우리의 마음에도 값진 양식이 풍성하게 쌓일 것이다. 내면을 밝히는 불멸의 고전, 톨스토이 단편선이 진정한 행복을 누리는 참다운 삶으로 독자를 인도한다.

| 작가 연보 |

1828년 8월 28일 야스나야 폴랴나에서 톨스토이 백작 집안의 넷째 아들로 태어났다.

1844년 카잔 대학 동양어학과에 입학해 투르크 어와 페르시아 어를 전공했다.

1845년 카잔 대학을 중퇴했다. 고향으로 돌아가 농장 경영을 시작했다.

1848년 다시 고향을 떠나 모스크바와 상트페테르부르크에서 방탕한 생활에 빠졌다.

1851년 최초의 문학 작품 〈지나간 이야기〉(미완성으로 남음) 집필을 시작했다. 맏형인 니콜라이가 있는 카프카스 포병대에 사관 후보생으로 입대했다.

1852년 첫 장편 소설 《유년시대》를 발표하여 재능을 인정받았다. 단편 〈습격〉을 탈고했다.

1854년 크림 전쟁에 참가한 경험을 바탕으로 《세바스토폴 이야기》를 집필했다. 같은 해 장교로 승진한 뒤 《소년 시대》를 발표했다.

1855년 제대하여 상트페테르부르크로 귀환함. 농민들의 삶과 교육에 관심을 가지기 시작했다.

1857년 《청년 시대》를 집필했다. 프랑스와 이탈리아, 독일, 스위스 등 유럽을 여행했다.

1859년 고향 야스나야 폴랴나로 돌아와 농민 자녀들을 위한 학교를 설립했다. 단편 〈세 죽음〉 〈가정의 행복〉 등을 발표했다.

1860~1861년 프랑스, 이탈리아, 독일, 벨기에, 영국 등 두 번째 유럽 여행을 하며 각국의 교육 제도를 파악했다. 교육 잡지를 발행하기 시작했으나 일 년 만에 폐간되었다.

1862년 논문 〈국민 교육에 대하여〉 〈읽기와 쓰기를 어떻게 가르칠 것인가〉 〈훈육과 교육〉 등을 발표했다. 소피아 안드레예브나 베르스와 결혼했다.

1869년 《전쟁과 평화》를 발표했다.

1872년 《초등 독본》 〈카프카스의 포로〉 〈신은 진실을 알고 있지만 침묵한다〉 등을 발표했다.

1875년 《러시아 신문》에 《안나 카레니나》를 연재하기 시작했다.

1876년 가치관의 충돌과 정신적인 문제로 고뇌하기 시작했다.

1881~1886년 〈사람은 무엇으로 사는가〉 〈사랑이 있는 곳에 신도 계시다〉 〈바보 이반〉 〈두 노인〉 〈이반 일리치의 죽음〉 〈달걀만 한 씨

앗〉〈사람에게는 얼마나 많은 땅이 필요한가〉〈에밀리안과 빈 북〉 등 러시아 농민을 위한 수많은 단편과 《요한 복음서》《참회록》 등 종교 작품을 발표했다.

1888년 초등학교 교사로 지원했다가 거절당했다.

1889년 〈악마〉〈크로이체르 소나타〉를 탈고했다. 《부활》을 집필하기 시작했다.

1891년 청빈의 실천을 위해 모든 저서의 판권을 포기하려고 결심했으나 가족의 반대에 부딪혀 1881년 이후에 발표한 작품의 판권만 포기하고, 이전 작품의 판권은 아내에게 넘기기로 타협했다.

1893년 〈하나님 나라는 당신 안에 있다〉를 발표했다. 정부가 그를 무정부주의자로 지목했다.

1894년 모스크바 심리학회의 명예 회원으로 선출되었다.

1899년 《부활》을 발표하여 세간의 주목을 받았다.

1901년 그리스도와 교회에 적대감을 품은 작품을 발표했다는 이유로 러시아 정교회에서 파문당했다. 크림으로 이주하여 폐렴으로 심하게 앓다가 회복했다.

1902년 2월에 《나의 종교》를 탈고했다. 6월에 야스야나 폴랴나로 돌아왔다.

1903년 《유년 시절의 추억》을 집필하기 시작했다. 단편 〈무도회의 밤〉〈아시리아 왕 아사르하돈〉〈노동과 죽음의 병〉〈세 가지 질문〉 등을 탈고했다.

1905년 체호프의 단편집 《귀여운 여인》의 서문을 작성했다.

1908년 〈세상에 죄인은 없다〉 〈유일한 규칙〉과 사형제 반대의 뜻을 담은 〈나는 침묵할 수 없다〉 등을 발표했다.

1910년 딸 알렉산드라에게 모든 저서의 판권을 상속한다는 유언장을 작성했다. 이 일을 계기로 아내와 심각한 불화를 겪기 시작했다. 10월 27일 밤에 주치의 마코브스키와 함께 가출하고 열흘 만인 11월 7일 오전 6시 5분, 82세의 나이로 빈촌의 한 간이역에서 생을 마감했다. 11월 9일 고향 야스나야 폴랴나에 묻혔다.

더클래식 세계문학 컬렉션 미니북

1 **노인과 바다** | 어니스트 헤밍웨이
1953년 퓰리처상 수상작 / 1954년 노벨 문학상 수상
미국대학위원회 선정 SAT 추천도서

2 **동물 농장** | 조지 오웰
미국대학위원회 선정 SAT 추천도서 / 〈타임〉 선정 현대 100대 영문소설
한국 문인이 선호하는 세계명작소설 100선 / 서울시 교육청 추천도서
논술 및 수능에 출제된 책(1998~2005)

3 **어린 왕자** | 앙투안 드 생텍쥐페리
전 세계 1억 부 이상 판매 기록 / 16개국 언어로 번역

4 **사람은 무엇으로 사는가**(톨스토이 단편선 1) | 레프 니콜라예비치 톨스토이
영어권 문학가들이 가장 좋아하는 작가 / 전 세계 거의 모든 언어로 번역된 필독서

5 **젊은 베르테르의 슬픔** | 요한 볼프강 폰 괴테
세기의 철학가와 문인들의 찬사를 받은 대표작

6 **독일인의 사랑** | 프리드리히 막스 뮐러
잊히지 않는 낭만적 사랑의 향기
독일 낭만주의 시인 막스 뮐러의 유일 순수문학 작품

7 **이방인** | 알베르 카뮈
노벨 연구소 선정 최고의 세계문학 100선 / 1957년 노벨 문학상 수상작
대한민국 명사 101인의 대표 추천작 / 연세대학교 필독도서
미국대학위원회 선정 SAT 추천도서 / 〈타임〉 선정 세상을 움직인 책 100권

8 **위대한 개츠비** | 프랜시스 스콧 피츠제럴드
〈타임〉 선정 현대 100대 영문소설 / 어니스트 헤밍웨이가 인정한 완벽한 일급 작품
20세기 100대 영문소설 1위 / 미국대학위원회 선정 SAT 추천도서

9 이상한 나라의 앨리스 | 루이스 캐럴
난센스와 판타지의 대표작 / 아카데미 '미술상' 수상한 영화의 원작
19세기 가장 유명한 영국 아동문학 작가

10 거울나라의 앨리스 | 루이스 캐럴
난센스와 판타지의 대표작 《이상한 나라의 앨리스》 속편
거울 속으로 떠난 앨리스의 두 번째 모험 이야기

11 데미안 | 헤르만 헤세
1946년 노벨 문학상 수상 작가 / 20세기 일대 센세이션을 일으킨 성장 소설의 고전
서울시 교육청 추천도서

12 수레바퀴 아래서 | 헤르만 헤세
대한민국 명사 101인의 대표 추천작
헤르만 헤세의 사춘기 시절 경험을 바탕으로 한 자전적 소설
1946년 노벨 문학상 / 국립중앙도서관 선정 청소년 권장도서

13 싯다르타 | 헤르만 헤세
대한민국 대표 시인 장석남이 강력 추천한 작품
출간과 동시에 10만 부가 넘게 판매된 역작
진정한 자아를 깨닫기 위해 고뇌하던 헤르만 헤세의 자전 소설

14 크눌프 | 헤르만 헤세
1946년 노벨문학상 수상 작가
8년에 걸쳐 완성된 '젊은 헤세'의 치열한 삶이 엿보이는 작품

15 청춘은 아름다워 | 헤르만 헤세
1946년 노벨문학상 수상 작가 / 헤르만 헤세가 추억하는 서툰 사랑의 이야기

16 햄릿 | 윌리엄 셰익스피어
대한민국 명사 101인의 대표 추천작 / 서울대학교 권장도서 100선
서울대학교 동서고전 200선 / 연세대학교 필독도서
미국대학위원회 선정 SAT 추천도서 / 국립중앙도서관 선정 청소년 권장도서

17 리어 왕 | 윌리엄 셰익스피어
대한민국 명사 101인의 대표 추천작 / 서울대학교 권장도서 100선

18 **맥베스** | 윌리엄 셰익스피어
서울대학교 권장도서 100선 / 연세대학교 필독도서
미국대학위원회 선정 SAT 추천도서 / 국립중앙도서관 선정 청소년 권장도서

19 **오셀로** | 윌리엄 셰익스피어
〈뉴스위크〉 선정 100대 명저 / 서울대학교 권장도서 100선

20 **로미오와 줄리엣** | 윌리엄 셰익스피어
서울대학교 동서고전 200선 / 칼리지보드 선정 고교생 필독서 101권

21 22 **이솝 이야기 1 ~ 2** | 이솝
어린이독서위원회, 서울독서교육연구회 권장도서

23 24 25 **피터 래빗 이야기 1 ~ 3** | 베아트릭스 포터
세상에서 가장 사랑받는 토끼 이야기 / 자연 보호와 동물 존중 사상이 담긴 작품

26 **예언자** | 칼릴 지브란
법정 스님이 마지막까지 머리맡에 남겨둔 책

27 **벤자민 버튼의 시간은 거꾸로 간다**(피츠제럴드 단편선 1)
| 프랜시스 스콧 피츠제럴드
전미비평가협회 선정 '톱 10 작품' 영화 〈벤자민 버튼의 시간은 거꾸로 간다〉의 원작

28 **광란의 일요일**(피츠제럴드 단편선 2) | 프랜시스 스콧 피츠제럴드
2013년 화제의 영화 〈위대한 개츠비〉의 작가 피츠제럴드 단편선

29 **야간 비행** | 앙투안 드 생텍쥐페리
1931년 페미나 문학상 수상 / 작가의 경험이 들어간 직업 소설

30 **하늘과 바람과 별과 시** | 윤동주
요절한 천재 민족 시인의 유고시집 / 대중성과 문학성을 겸비한 시인 김경주 추천작

31 **오즈의 마법사 1 – 오즈의 위대한 마법사** | 라이먼 프랭크 바움
미국대학위원회 선정 SAT 추천도서 / 연세대학교 필독도서
국립중앙도서관 선정 우수 번역서

32 **오즈의 마법사 2 – 환상의 나라 오즈** | 라이먼 프랭크 바움
미국대학위원회 선정 SAT 추천도서 / 국립중앙도서관 선정 우수 번역서

33 **오즈의 마법사 3 – 오즈의 오즈마 공주** | 라이먼 프랭크 바움
미국대학위원회 선정 SAT 추천도서 / 국립중앙도서관 선정 우수 번역서

34 **인간 실격** | 다자이 오사무
교육과학기술부 산하 사단법인 한국교육지원회 선정 아침독서 10분 운동 필독서

35 **마지막 잎새**(오 헨리 단편선) | 오 헨리
서울대학교 · 연세대학교 권장도서 / 서울시 교육청 권장도서
EBS 주최 북퀴즈 왕 선발 추천도서

36 **탈무드** | 유대교 랍비
5천 년에 걸친 유대인의 지혜가 담긴 책 / 서울대학교 지정 수능필독도서
포스코 교육재단 선정 초등학교 필독도서 / 경북교육청 선정 청소년 권장도서
백인제기념도서관 교양도서

37 **변신**(카프카 단편선) | 프란츠 카프카
소외된 인간이었던 작가의 갈등과 고독을 반영 / 서울대학교 추천도서 100선
명사 101명이 추천한 파워클래식

38 **삶이 그대를 속일지라도**(푸시킨 시선집) | 알렉산드르 푸시킨
러시아 리얼리즘 문학의 선구자이자 러시아 국민시인 푸시킨의 대표 시선집

39 **자기만의 방** | 버지니아 울프
20세기 페미니즘 비평의 선구자 버지니아 울프의 수필집
국립중앙도서관 선정 권장도서 / 서강대학교 권장도서 100선

40 **크리스마스 캐럴** | 찰스 디킨스
셰익스피어와 함께 영국을 대표하는 작가 찰스 디킨스의 중편소설
'책으로 따뜻한 세상 만드는 교사들(책따세)' 권장도서

41 **검은 고양이**(포 단편선) | 에드거 앨런 포
포 최고의 미스터리 세계를 보여 준 호러 문학의 걸작

42 **외투 · 코**(고골 단편선) | 니콜라이 바실리예비치 고골
러시아 사실주의 문학의 지평을 연 작품

43 **좁은 문** | 앙드레 지드
교육과학기술부 산하 사단법인 한국교육지원회 선정 아침독서 10분 운동 필독서

44 **깨끗하고 밝은 곳**(헤밍웨이 단편선) | 어니스트 헤밍웨이
국립중앙도서관 선정 권장도서 / 남산도서관 선정 권장도서

45 **세 가지 질문**(톨스토이 단편선 2) | 레프 니콜라예비치 톨스토이
영어권 문학가들이 가장 좋아하는 작가 / 전 세계 거의 모든 언어로 번역된 필독서

46 **갈매기**(체호프 희곡선 1) | 안톤 체호프
미국대학위원회 선정 SAT 추천도서 / 서울대학교 권장도서 100선

47 **바냐 아저씨**(체호프 희곡선 2) | 안톤 체호프
서울대학교 권장도서 100선 / 노벨 문학상 수상자 네이딘 고디머, 앨리스 먼로의 표본

48 **개를 데리고 다니는 여인**(체호프 단편선 1) | 안톤 체호프
서울대학교 동서고전 200선 / 노벨연구소 선정 세계문학 100선

49 **귀여운 여인**(체호프 단편선 2) | 안톤 체호프
노벨연구소 선정 세계문학 100선

50 **지킬 박사와 하이드** | 로버트 루이스 스티븐슨
2004 한국 문인들이 선호하는 세계명작소설 100선
브로드웨이 뮤지컬 역사상 가장 아름다운 스릴러 〈지킬 앤 하이드〉 원작

51 **겨울 왕국**(안데르센 단편선) | 한스 크리스티안 안데르센
어린이문학에 꽃을 피운 불멸의 작가 / 세계를 움직인 100권의 책 선정
노벨연구소 선정 세계 100대 문학 작품

52 **성냥팔이 소녀**(안데르센 단편선 2) | 한스 크리스티안 안데르센
SBS 드라마 〈신의 선물–14일〉 메인 테마 도서
어린이문학의 꽃을 피운 불멸의 작가

53 **예수의 생애** | 찰스 디킨스
2014년 개봉 〈선 오브 갓〉 원작 / 종교철학자 헤겔의 사상을 만든 고전
대문호 찰스 디킨스의 숨은 명작

54 **셜록 홈즈 1 – 주홍색 연구** | 아서 코난 도일
영국 BBC 제작, KBS 방영 〈셜록 홈즈〉의 원작
대한민국 대표 추리 소설가 백휴의 작품 해설 수록

55 셜록 홈즈 2 – 네 개의 서명 | 아서 코난 도일
영국 BBC 제작, KBS 방영 〈셜록 홈즈〉의 원작
대한민국 대표 추리 소설가 백휴의 작품 해설 수록

56 셜록 홈즈 3 – 배스커빌 가의 개 | 아서 코난 도일
영국 BBC 제작, KBS 방영 〈셜록 홈즈〉의 원작
대한민국 대표 추리 소설가 백휴의 작품 해설 수록

57 셜록 홈즈 4 – 공포의 계곡 | 아서 코난 도일
영국 BBC 제작, KBS 방영 〈셜록 홈즈〉의 원작
대한민국 대표 추리 소설가 백휴의 작품 해설 수록

58 신데렐라(샤를 페로 단편선) | 샤를 페로
2014 인기 영화 〈말레피센트〉의 원작 / 프랑스 문학에 '환상 동화' 장르 구축

59 미녀와 야수(보몽 단편선) | 잔 마리 르 프랭스 드 보몽
변신 모티프의 전형을 완성한 명작 고전
미야자키 하야오와 디즈니 애니메이션, 영화 등의 원작

60 피노키오 | 카를로 콜로디
월트 디즈니 인생 최고의 애니메이션으로 재탄생 / 260개 언어로 번역된 교훈적 내용
스티븐 스필버그 감독의 2001년작 〈A.I.〉의 모티브

61 정글북 | 러디어드 키플링
영미권 작품 최초, 최연소 노벨 문학상 수상작 / 정글의 생명력을 담은 자연친화적 작품
작가의 아버지 존 록우드 키플링이 직접 그린 삽화 및 기타 삽화가들 그림 삽입

62 별(도데 단편선 1) | 알퐁스 도데
자연주의와 인상주의의 절묘한 조화 / 서정적인 감수성과 아름다운 문체
부산시 교육청 선정 중학생 권장도서 / 포스코 교육재단 선정 중학생 필독도서

63 보이첵(뷔히너 단편선) | 게오르그 뷔히너
세계 최초로 한국에서 뮤지컬화된 〈보이첵〉의 원작

64 세상을 보는 지혜 | 발타자르 그라시안 · 쇼펜하우어
세기를 아우르는 저명한 철학자가 쓰고 철학자가 옮긴 대표적인 작품
세상을 살아가는 데 꼭 필요한 빛나는 지혜를 전수해주는 인생 처세서

65 마지막 수업 (도데 단편선 2) | 알퐁스 도데
중 · 고등학교 국어 교과서 수록 작품 / 교육청 선정 청소년 권장도서 100선

66 67 68 오만과 편견 1 ~ 3 | 제인 오스틴
서울대학교 동서고전 200선 / 연세대학교 필독도서 / 세인트존스대학교 권장도서
〈텔레그라프〉 완벽한 도서관을 위한 권장도서 100 / 〈가디언〉 권장도서
미국대학위원회 선정 SAT 추천도서 / 국립중앙도서관 선정 청소년 권장도서

69 70 키다리 아저씨 1 ~ 2 | 진 웹스터
출간 이래 100년 동안 사랑받아 온 스테디셀러
세상의 편견을 뛰어넘은 편지 형식 소설의 대명사

71 72 그리스인 조르바 1 ~ 2 | 니코스 카잔차키스
미국대학위원회 선정 SAT 추천도서 / 한국간행물윤리위원회 선정 권장도서
한국출판인회의 출판인이 선정한 100권의 도서

73 74 월든 1 ~ 2 | 헨리 데이비드소로
미국대학위원회 고교추천도서 101 / 미국대학위원회 선정 SAT 추천도서

75 76 1984 1 ~ 2 | 조지 오웰
〈타임〉 선정 세상을 움직인 책 100권 / 세계 3대 디스토피아 미래 소설
〈가디언〉 권장도서 / 〈텔레그라프〉 완벽한 도서관을 위한 권장 도서 100
뉴욕 공립도서관 추천도서 / 하버드 대학생이 가장 많이 산 책 1위

77 78 오페라의 유령 1 ~ 2 | 가스통 르루
대한민국 명사 101인의 대표 추천작 / 서울대학교 권장도서 100선
연세대학교 필독도서 / 미국대학위원회 선정 SAT 추천도서 / 〈가디언〉 권장도서
세인트존스대학교 권장도서 / 논술 및 수능에 출제된 책(1998~2005)

79 80 도리언 그레이의 초상 1 ~ 2 | 오스카 와일드
미국대학위원회 고교 추천도서 101 / 대한민국 명사 101의 대표 추천작

81 82 83 두 도시 이야기 1 ~ 3 | 찰스 디킨스
영국이 낳은 가장 위대한 소설가 / 영화 〈다크나이트〉의 모티프
미국대학위원회 선정 SAT 추천도서 / 서울시 교육청 선정 청소년 필독도서

84 85 86 폭풍의 언덕 1 ~ 3 | 에밀리 브론테
서울대학교 · 연세대학교 · 고려대학교 권장도서
1940년 아카데미상 최우수작 지명 〈폭풍의 언덕〉 원작

87 88 마음 1 ~ 2 | 나쓰메 소세키
서울대학교 권장도서 100선 / 일본의 셰익스피어 나쓰메 소세키의 대표작

89 90 천로역정 1 ~ 2 | 존 버니언
《성경》 다음으로 많이 읽힌 기독교 3대 고전 중 하나
2003년 국립중앙도서관 선정 고전 100선

91 92 93 제인 에어 1 ~ 3 | 샬럿 브론테
150년간 사랑받은 로맨스 소설의 고전 / 미국대학위원회 선정 SAT 추천도서
영국 〈가디언〉이 선정한 세계 100대 최고의 소설 / 연세대학교 권장도서
영국 BBC 조사 영국인들이 가장 사랑한 소설 100선
현대 여성들이 가장 사랑하는 필독서

94 95 96 97 곰돌이 푸 1 ~ 4 | 앨런 알렉산더 밀른
2018년 디즈니 애니메이션 곰돌이푸 다시 만나 행복해 원작 동화
마음 따뜻한 시인 곰돌이의 감동적인 성장이야기

98 99 톰 소여의 모험 1 ~ 2 | 마크 트웨인
미국 현대 문학의 효시 마크 트웨인의 대표작
일본 후지 TV 애니메이션 〈톰 소여의 모험〉 원작

100 사슴 | 백석
모더니즘과 이미지즘의 대표 시인 백석의 대표작

• 더클래식 세계문학 컬렉션 미니북은 계속 출간될 예정입니다.

옮긴이 **장영재**

조선대학교 러시아어과를 졸업하고 한양대학교 국제관광대학원 엔터테인먼트 콘텐츠학과를 졸업했다. 러시아 문학과 어학에 깊은 관심을 가져 대학원 입학 후부터 다수의 러시아 관련 도서를 집필, 번역했다. 지은 책으로《러시아어 회화급소 80》《여행 러시아어》《러시아 여행》《패턴 러시아어 101》《후다닥 러시아어 회화》《러시아어 처음 글자 쓰기》 등이 있으며, 옮긴 책으로는《톨스토이 단편선》《고골 단편선》《안나 카레니나》 등 다수 있다. 현재 국내에 아직 소개되지 않은 톨스토이 단편을 번역하는 중이다.

사람은 무엇으로 사는가 **톨스토이 단편선 ❶**

초판 1쇄 펴낸 날 2025년 11월 30일

지은이 레프 니콜라예비치 톨스토이
옮긴이 장영재
펴낸이 장영재
펴낸곳 (주)미르북컴퍼니
자회사 더클래식
전 화 02-3141-4421
팩 스 0505-333-4428
등 록 2012년 3월 16일(제 313-2012-81호)
주 소 서울시 마포구 성미산로32길 12, 2층 (우 03983)
E-mail sanhonjinju@naver.com
카 페 cafe.naver.com/mirbookcompany
S N S instagram.com/mirbooks

• (주)미르북컴퍼니는 독자 여러분의 의견에 항상 귀 기울입니다.
• 파본은 책을 구입하신 서점에서 교환해 드립니다.
• 책값은 뒤표지에 있습니다.